바람의 소리가 들려

청소년이 알아야 할 우리 역사, 제주 4·3

# 바람의 소리가 들려

김도식 장편 소설

마디북

# 목차

**일러두기**

• 소설의 배경은 제주도지만 독자의 이해를 돕기 위해 제주 사투리 대신 표준어를 사용했습니다.

# 1

# 그들이 돌아왔다

오후의 햇살이 비스듬히 초가집 위로 부서졌다. 돌담 아래로 봄
빛을 머금은 이름 모를 꽃들이 벙그러지고 산과 하늘은 푸른빛을
더해갔다. 아홉 살 동이는 배를 깔고 방에서 숙제를 하고 있었다.
문득 바람이 살랑 불어와 책장을 넘겼다. 동이는 바람이 불어온
쪽을 향해 고개를 들었다. 열린 문틈 사이로 아직 찬 기운을 잔뜩
머금은 4월의 바람이 불어오고 있었다.

탁, 탁, 탁.

동이네 집의 평화로움을 깨는 다급한 발걸음 소리가 들렸다. 늙
수그레한 이장이 허둥대며 마당으로 뛰어 들어왔다.

"여보게, 동이 아범 있는가?"

수혁은 윗옷을 벗고 마당에서 장작을 패고 있었다. 아직 4월은 아침저녁으로 쌀쌀해 초저녁부터 군불을 때야 했다. 수혁은 도끼를 내려놓고 무슨 일이냐는 듯 이장의 얼굴을 쳐다봤다. 마당에서 쭈그리고 앉아 나물을 다듬던 수혁의 아내도 손을 털며 일어났다.

"이장님이 어쩐 일이세요?"

이장은 숨을 고르더니 품에서 천 쪼가리를 꺼내 이마에 흐르는 땀을 닦으며 말했다.

"이보게, 준규가 나온 것 같네! 읍내에서 봤다는 사람이 있어."

"네?"

"자네들이 알아야 할 것 같아서 급하게 뛰어왔네."

아내는 얼굴이 하얗게 질린 채로 풀썩 바닥에 주저앉았다. 수혁의 눈썹이 희미하게 꿈틀거렸다. 수혁은 굳어진 얼굴로 다시 장작을 내리쳤다. 쪼개진 장작 하나가 마당을 떼구루루 굴러 이장의 발에 가볍게 부딪쳤다. 수혁은 입을 굳게 다문 채 말이 없었다. 괜스레 머쓱해진 이장은 흠흠, 헛기침을 하며 돌아섰다.

"나는 소식만 전하네. 뭐 별일이야 있겠는가?"

"네, 이장님. 살펴 들어가세요."

이장이 집을 나간 뒤에도 한동안 아내는 못 들을 말을 들은 사람처럼 넋이 빠져 있었다. 수혁은 그런 아내의 모습을 넌지시 바라보다가 도낏자루를 바닥에 내던지며 찡그린 얼굴로 어깨를 매만졌다.

"몇 번 휘두르지도 않았는데 벌써 어깨가 쑤시네."

수혁의 오른쪽 어깨에는 동전만 한 흉터가 짙게 그려져 있었다. 아내가 금방이라도 눈물을 쏟을 듯한 얼굴로 수혁을 돌아보았다.

"동이 아빠 지금이라도…."

"거 쓸데없는 소리 하지 말고 냉수나 한 그릇 떠 와요."

수혁은 아내의 말을 쌍둥 자르고 툇마루에 걸터앉았다. 드르륵 방문을 열고 나온 동이가 머뭇거리며 아빠에게 다가갔다.

"아빠, 무슨 일 있어요?"

"아무 일도 없어. 어른들 말 신경 쓰지 말고 넌 하던 공부나 해."

수혁은 동이에게 퉁명스럽게 내뱉고 아내가 힘겹게 몸을 일으켜 떠 온 냉수를 벌컥벌컥 들이마셨다. 잠시 생각에 잠기던 수혁은 이내 담담해진 목소리로 아내에게 일렀다.

"여보, 양 씨네 가서 돼지고기나 좀 넉넉히 끊어와요. 오랜만에 돔베고기로 한 상 가득 푸짐하게 차려봅시다."

무슨 말이 하고 싶은 것인지 젖은 눈망울로 수혁을 바라보던 아내는 이내 고개를 끄덕이고는 문밖으로 나섰다. 동이는 왠지 불안한 기운에 가슴이 뛰었다. 분명 무언가 심상치 않은 일이 벌어지고 있는 것 같았다.

'준규 아저씨라고?'

동이는 곰곰이 생각해보았지만 들어본 이름 같기도 하고 아닌 것 같기도 했다. 수혁이 윗옷을 추슬러 입으며 아들에게 물었다.

"네 누나는 어디 갔어?"

"예배당 끝나고 친구들이랑 냇가에 간다고 했어요."

"일요일이면 집안일 좀 돕지 뭐 그리 싸돌아다녀."

수혁은 한 손으로 머리를 헝클듯 긁었다. 가벼운 바람이 불어와 마당을 한번 훑고 지나갔다. 바람이 스치고 지나간 자리에 동백나무 꽃들이 툭툭 떨어져 내리고 있었다. 한 송이씩 통째로 떨어지는 동백꽃은 가끔은 짐승의 머리 같기도 하고, 또 가끔은 아름다운 눈물 같기도 했다. 동백꽃이 완전히 피었다가 질 때까지 제주도는 유난히 조용한 밤이 많았다. 불길한 기운이 깃든 어른들의 눈초리에 아이들의 어깨가 한껏 움츠러들고, 바람 소리 같은 흐느낌만이 고요한 밤을 울리던 그런 날들이었다. 수혁은 마음이 뒤숭숭했다.

덜커덕 대문이 열리며 이번에는 뚱뚱한 사내 한 명이 뒤뚱거리며 들어섰다. 이웃에 사는 수혁의 친구 덕배다. 한참을 뛰어왔는지 숨을 거세게 몰아쉬었다.

"이보게! 주, 주, 죽은 줄 알았던 준규가 살아 돌아왔다네! 세상에! 지금 준규가 주막 할망 집에서 낮부터 술을 마시고 있어. 혼자가 아냐. 웬 젊은 애 하나를 달고 왔다네."

"뭐?"

"내가 읍내에 나갔다 주막집에서 술 좀 받아 가려는데 마을에 못 보던 사람 둘이 보이는 거야. 자세히 살펴보니 분명 준규야. 혹시나 귀신인가 싶어 '자네 혹시 준규 아닌가?' 아는 척을 했는데 힐끗 보더니 그냥 말없이 술만 마시더라고."

"……."

"뻘쭘하게 돌아서는데 주막 할망이 따라와서 속삭이는 거야. 분명 준규가 맞다고. 그런데 메고 온 더플백이 좀 수상하다는 거야. 그 안에 흉기가 있다고 하더구먼."

"흉기?"

수혁의 얼굴에 그늘이 스쳐 갔다. 덕배가 한층 목소리를 낮춰 말을 이었다.

"그래, 준규가 데려온 젊은 아이도 눈빛이 보통이 아냐. 주막 할망 말로는 어제 오후에 와서 하룻밤 묵었는데 단 한마디의 말도 안 했다더군. 그 젊은 놈이 술을 마시면서 품속에서 작은 칼을 꺼내 만지작거리는 것을 보았대. 자기랑 눈을 마주치니까 씩 웃더라네. 할망이 소름이 쫙 돋아서 엉덩방아를 찧을 뻔했대."

방에서 귀를 쫑긋 세우고 덕배 아저씨의 말에 귀를 기울이던 동이는 얼음물을 마신 것처럼 온몸이 오싹했다.

'카, 칼이라고!'

준규라는 아저씨는 엄청나게 무서운 사람인 것 같았다. 이장 할아버지, 엄마, 덕배 아저씨 모두 하나같이 그 아저씨를 두려워하고 있었다. 다들 아버지를 해칠지 모른다고 걱정하는 것이 눈에 보였다. 더구나 칼을 지니고 있다니…. 아버지와 무슨 원한 관계를 지닌 사람이 분명했다. 그런데 원한이라니? 아버지가? 평소 죽은 듯이 산다는 말을 입에 달고 다니던 아버지였다. 혹시 그래서 그런 말씀을 하셨던 걸까? 동이는 와락 공포가 몰려왔다.

마침 냇가에 놀러 나갔던 누나 송이가 돌아왔다. 동이와 두 살 터울인 송이는 겁을 잔뜩 집어먹은 표정으로 수혁과 덕배를 번갈아 살피더니 머뭇거리며 입을 열었다.

"아버지, 저 오다가 동네 사람들이 모여서 얘기하는 거 들었어요. 잘못하면 우리 집에 안 좋은 일이 일어날지 모른대요."

송이의 목소리에 울음이 섞였다. 수혁은 딸에게 툭박지게 내질렀다.

"쓸데없는 소리 하지 말고 양조장 가서 막걸리나 한 통 달라고 해. 아버지가 다음에 돈 준다고 하고."

"…네."

송이는 아빠의 눈치를 살피며 주춤거리더니 곧 뛰어나갔다. 수혁은 덕배를 돌아보며 일렀다.

"내 알았으니 덕배 자네도 그만 돌아가 보게."

"알았네. 혹시 모르니 이따 다시 오겠네."

덕배가 수혁의 눈치를 보며 돌을 씹은 것 같은 얼굴로 돌아섰다.

"오긴 뭘 와? 무슨 구경거리가 있다고."

수혁이 덕배를 향해 들릴 듯 말 듯 중얼거렸다. 천천히 툇마루

기둥에 등을 기댄 수혁은 지그시 눈을 감았다.

'준규가 출소했다고? 가만있자, 벌써 세월이 그렇게 흘렀나.'

수혁의 기억 저편에 어린 시절의 희미한 장면이 물안개처럼 피어올랐다. 낡았지만 늘 깨끗한 옷을 입고 다니던 동그란 얼굴의 한 아이가 떠올랐다. 바람이, 4월의 바람이 수혁의 귓가를 간질이며 지나갔다.

'수혁아….'

언제나 차분히 자신을 부르던 아이의 음성이 수혁의 귓가에 작게 메아리쳤다.

# 2

# 밥 굶는 전학생

일본이 중일전쟁을 일으켰다는 소식으로 온 섬이 발칵 뒤집혔다. 수혁의 마을도 온통 뒤숭숭한 분위기였다.

"끝내 일본 놈들이 대륙을 통째로 먹으려고 하네."

"중국이 아무리 이빨 빠진 호랑이라지만 그리 호락호락하게 당하진 않을걸."

오늘도 아침부터 어른들은 수혁의 집 대청마루에 모여 숙덕거렸다.

"학교 다녀오겠습니다."

수혁은 아버지와 어머니에게 인사를 하고 서둘러 대문을 나섰다. 운전기사 문 씨가 승용차에 시동을 걸어놓고 있었다. 곧이어 우혁이 헐레벌떡 뛰어나왔다.

"미안, 미안. 빨리 가야겠다!"

열한 살 수혁은 두 살 위인 형 우혁과 함께 보통학교(일제 강점기에 초등 교육을 하던 학교)에 다니고 있었다.

휘이익, 전투기 한 대가 파란 하늘을 가르며 날았다. 중국으로 출격하는 일본 전투기였다. 수혁은 차창 밖으로 검은 전투기 꼬리가 사라지는 먼 하늘을 지켜보았다.


땡땡땡.

점심시간을 알리는 학교 종이 울렸다.

"さあ、お昼の時間だ. (자, 점심시간이다.)"

동그란 안경을 쓴 일본인 선생이 손뼉을 치며 말했다. 와자지껄하게 아이들이 벤또(일제 강점기에 도시락을 일컫던 말)를 꺼냈다. 대부분 꽁보리밥이 전부였고, 밥을 대신해 감자나 고구마를 싸 온 아이도 있었다. 하루 세끼 제대로 먹기 힘든 시절이었다. 수혁만 세 칸짜리 찬합에 흰쌀밥은 물론 반찬까지 푸짐하게 담겨있었다. 숟가락을 뜨기도 전에 아이들이 슬금슬금 몰려들었다.

"아, 이 귀한 돼지고기! 역시 현수혁! 잘 먹을게. 헤헤."

한 아이가 젓가락을 들이대자 다른 아이들도 질세라 앞다투어 달려들었다. 수혁의 반찬 위로 젓가락들이 춤을 추었다.

"어휴, 이 늑대 인간들. 그래, 먹어라. 먹어! 내가 우리 어머니한

테 일부러 반찬 많이 싸달라고 했다."

수혁이 밥을 몇 술 뜨기도 전에 찬합 통은 벌써 바닥을 보이기 시작했다.

"수혁아, 나 쌀밥 한 숟갈만 먹어보자. 응?"

반찬뿐 아니라 밥에도 허기진 숟가락들이 들이닥쳤다. 이쯤 되면 얼굴을 찌푸릴 만도 했지만 수혁은 입가에 미소만 내걸 뿐이었다.

그때 교실 한구석에서 조용히 일어나는 한 아이가 수혁의 눈에 들어왔다. 얼마 전 육지에서 전학 온 이준규라는 아이였다. 큰 키에 깡마른 체구를 가진 준규는 어딘지 모르게 선한 눈빛을 가지고 있었다. 며칠 전부터 준규는 점심시간만 되면 소리 없이 교실을 빠져나갔다. 수혁은 숟가락을 내려놓고 슬그머니 밖으로 향했다.

준규는 학교 뒤뜰에서 펌프의 물을 벌컥벌컥 들이켜고 있었다. 빈속이 쓰라린지 얼굴을 찌푸리고 배를 움켜쥐는 준규의 모습을 수혁은 조용히 지켜보았다.

수업을 마치자 아이들이 재잘거리며 운동장으로 나섰다. 책보자기를 둘러메고 교문으로 향하는 준규의 등을 수혁이 가볍게 쳤다. 준규가 흘끗 고개를 돌렸다. 수혁이 반갑게 아는 척을 했다.

"야, 이준규. 같이 가자!"

"어? 으, 응."

준규는 수혁의 집에서 그리 멀리 않은 산기슭 끝자락의 판잣집에 살고 있었다. 등하굣길이 한 방향이라 오다가다 인사만 나눈 준규에게 모처럼 수혁이 말을 건 것이다.

"준규야, 너 집에 가면 뭐 해?"

"그냥 뭐, 딱히 할 일 없어."

"그럼 오늘 우리 집에서 같이 공부할래?"

준규는 선뜻 대답하지 않고 의아한 눈길로 수혁을 쳐다보았다. 수혁의 까닭 없는 친절이 궁금하다는 눈치였다. 머뭇거리는 준규를 수혁이 잡아끌었다.

"야, 뭘 고민해? 같이 가자. 안 그래도 너 우리 동네에 이사 왔다고 우리 엄마가 한번 데리고 오래."

준규는 못 이기는 척 발걸음을 옮겼다. 사실 준규는 수혁에게 관심이 많았다. 수혁은 면(面)을 통틀어 제일 큰 기와집에 살고 있었다. 대부분 아이들은 선망의 눈길로 수혁을 바라보았다. 준규는 며칠 전에 수혁의 집 앞을 지나치며 어머니가 하던 얘기를 떠올렸다.

'세상에 부러워라. 이런 데 사는 사람들은 무슨 복일꼬. 아마 이 집이 제주도에서 제일 잘사는 집일 게다.'

준규는 옆에서 걷고 있는 수혁을 한 번 더 쳐다보았다. 유난히 하얀 피부에 주근깨가 앙증맞게 박혀 있는 수혁의 얼굴은 누가 봐도 개구쟁이 부잣집 도령이었다. 볼품없이 비쩍 마르기만 한 자신과는 다르게만 느껴졌다.

수혁의 어머니는 친절하게 준규를 맞았다. 한복을 곱게 차려입은 수혁의 어머니는 시골 아낙네답지 않게 화사하고 기품이 넘쳐 보였다.

"어서 오렴. 네가 저 산 밑으로 이사 온 우리 수혁이 친구로구나."

"안녕하세요."

수혁의 방으로 안내된 준규는 입이 쩍 벌어졌다. 널찍한 수혁의 방에는 축음기가 있었고 철제 선풍기도 보였다. 한쪽 벽을 가득 채운 책장에는 크고 작은 책들이 빽빽이 꽂혀 있었다. 준규로서는 도저히 상상할 수 없는 신세계였다.

"이게 네 방이야? 방 하나가 우리 집 마당만 하네."

"원래 삼촌 방인데 삼촌이 일본으로 유학 가서 비었어. 그래서 내가 잠시 쓰는 거야."

수혁과 준규는 작은 상을 사이에 두고 마주 앉아 교과서를 폈다.

"아 참, 너 여기 와 있는 거 어머니 모르시지? 나중에 혼나는 거 아냐?"

숙제를 하던 수혁이 묻자, 준규가 가만히 고개를 저었다.

"우리 엄마는 장사하러 가셔서 날이 저물어야 돌아오셔."

잠시 뒤 수혁의 어머니가 허리를 굽혀 교자상을 들고 방으로 들어왔다.

"애들아, 시장하겠다. 어서 밥 먹어."

상 위에는 김이 모락모락 피어오르는 돔베고기가 푸짐하게 놓여 있었다. 준규는 눈을 크게 떴다. 돼지고기를 푹 삶아 만드는 돔베고기는 잔칫날에만 가끔 볼 수 있는 귀한 음식이었다. 뿐만 아니라 꾹꾹 눌러 가득 담은 흰쌀밥에 몸국, 생선구이며 나물까지 잔칫상이 울고 갈 정도로 화려한 상차림이었다. 상에서 뿜어져 나오는 온갖 맛있는 냄새에 준규는 정신이 혼미했다.

"차린 건 별로 없지만 많이 먹으렴. 우리 수혁이가 배고프다고 성화네. 점심 먹은 지 얼마나 되었다고."

수혁의 어머니는 준규의 머리를 한번 쓰다듬고 돌아섰다. 준규는 여전히 어안이 벙벙한 표정으로 상에 차려진 음식을 둘러보았다. 감탄이 절로 흘러나왔다.

"와… 넌 날마다 이렇게 먹어? 그리고 너 아까 점심 먹었잖아?"

"아까 애들이 내 도시락 다 빼앗아 먹어서 제대로 못 먹었어. 야, 배고프다. 빨리 먹자."

"그, 그래."

준규가 상 앞에서 머뭇거리자 수혁이 숟가락을 들고 밥을 한 숟갈 크게 떠 입에 넣었다. 그제야 준규도 기다렸다는 듯 허겁지겁 밥을 먹었다. 수혁이 고기 한 점을 집어 준규의 밥 위에 얹었다.

"야, 너 키는 나보다 큰데 왜 그리 말랐니? 많이 먹어."

"으응, 고마워."

밥그릇과 반찬 접시까지 말끔히 다 비울 무렵 식모 아주머니가 수정과를 내왔다. 준규는 수정과까지 단숨에 비우고는 더는 못 먹겠다며 자리에 드러누웠다. 그런 준규의 모습을 보고 수혁이 흐뭇한 미소를 지었다. 날마다 점심을 굶는 친구를 데리고 오겠다며 수혁이 어머니에게 미리 귀띔한 사실을 준규는 알 턱이 없었다.

수혁은 마을에서 손꼽히는 지주 현치호의 둘째 아들이었다. 현치호는 젊어서 사업을 하느라 마흔이 넘어 뒤늦게 혼례를 치르고 늦둥이 두 아들을 얻었다. 장남 우혁은 샌님처럼 얌전한 편인데 차남 수혁은 씩씩하고 당찼다.

현치호는 물려받은 논밭도 많았지만 일본에서 들여온 돼지 종자를 번식시켜 큰돈을 벌었다. 가진 것이 많은 만큼 인심도 후하고 많이 베풀어 마을 사람들의 존경을 한 몸에 받고 있었다. 굴뚝에 저녁연기가 피어오르지 않은 집이 있으면 반드시 사람을 시켜 보리쌀이라도 보낼 정도로 마음이 따뜻했다. 간혹 일본에 출장을 다녀올 때면 학용품을 잔뜩 싣고 와 섬의 여러 학교에 기증하기도 했다.

한번은 현치호 집안 소작농 김 씨의 아들이 수재들만 다닌다는 경성제국대학교(현재 서울대학교의 전신)에 합격한 일이 있었다. 김 씨의 외아들 춘삼은 마을에서도 똑똑하기로 소문난 학생이었다. 사람들은 마을에 경사가 났다며 김 씨를 축하했지만 워낙 가난했던 그는 아들의 대학 등록금을 마련할 길이 없었다.

돈 빌릴 곳이 없어 발만 동동 구르던 김 씨 부부는 결국 현치호를 찾아가 사정을 이야기해보기로 했다. 마침 그날은 현치호 집에 제사가 있던 날이라, 집안사람들은 물론 음식 준비를 도와주러 온 마을 사람들로 마당이 북적거렸다.

"예끼! 우리 집이 무슨 은행인 줄 알아?"

그런데 예상과 다르게 현치호는 뭇사람들 앞에서 김 씨 부부의 부탁을 매몰차게 거절했다. 김 씨 부부는 얼굴을 붉히며 대문을 나설 수밖에 없었다. 김 씨 얼굴에 낭패한 기색이 역력했다.

이튿날, 자정이 훌쩍 지난 시간에 김 씨 부부의 남루한 초가집 앞에서 누군가 인기척을 내는 소리가 들렸다. 현치호였다. 그의 손에는 두툼한 신문지 뭉치가 들려 있었다.

"어, 어르신. 이 밤에 어쩐 일로?"

김 씨 부부는 떨떠름한 얼굴로 현치호를 맞았다.

"이 사람아. 내가 돈 좀 있다고 일본 놈들이 눈독 들이고 있는 거 모르나? 가뜩이나 전쟁을 일으켜서 위문금이다 국방헌금이다 자꾸 뜯어가는데 그리 찾아와 소문이라도 나면 어쩌나? 경성제대라니, 자식 참 잘 키웠네. 장하네. 자, 등록금 말고도 좀 더 넣었다네. 경성으로 올려보내기 전에 고기라도 듬뿍 사서 먹이게. 자네 아들 이름이 춘삼이던가? 갚는 건 급할 거 없네. 자네 아들이 졸업해서 취직하면 그때 천천히 갚도록 하게나."

신문지 안에는 뭉칫돈이 들어 있었다.

"아이고, 저는 그것도 모르고… 어르신, 이 은혜는 평생 잊지 않겠습니다!"

김 씨 부부는 눈물을 흘리며 현치호를 향해 큰절을 올렸다. 아들 춘삼도 경성으로 올라가기 전 현치호를 찾아 인사를 올렸다.

"어르신, 정말 고맙습니다. 공부 열심히 하고 돌아와 큰사람 되겠습니다. 꼭 보답하겠습니다."

"허허. 그 뜻이 갸륵하구나. 자네 부모님은 정말 훌륭하신 분들이네. 경성은 전국의 수재들이 모여 치열하게 경쟁하는 곳이니 부모님을 생각해서라도 한눈팔지 말고 공부 열심히 하게나."

그의 아내 윤 씨 부인도 속정이 깊었다. 어린 우혁과 수혁은 이러한 부모 밑에서 온화한 품성과 교양을 두루 갖추며 자랐다.

수혁과 달리 준규는 찢어지게 가난한 아이였다. 준규는 홀어머니와 단둘이 얼마 전 육지에서 섬으로 건너왔다. 주인이 버리고 간 산기슭의 판잣집을 준규 어머니가 일꾼을 불러 고쳐서 살았다. 아버지는 준규가 젖먹이 때 독립운동을 하기 위해 만주로 떠난 뒤 소식이 끊겼다고 했다. 지청천 휘하 부대에 있다는 말도 있고, 상해 임시정부 근처에서 봤다는 이도 있었지만 바람 같은 소문만 가끔 들려올 뿐, 영영 돌아오지는 않았다.

어머니는 준규 위의 딸을 병으로 잃은 뒤 늦둥이 준규 손을 잡고 살길을 찾아 제주도까지 흘러들어 오게 되었다. 섬에서 어물장사를 하자며 준규 어머니를 꼬드긴 이웃은 돈만 몽땅 갖고 홀연히 사라졌다. 어머니는 별수 없이 장터 한구석에 과일 노점상을 차렸으나 가난은 피할 길이 없었다.

준규는 끼니를 거르기 일쑤였다. 온종일 아무것도 못 먹은 날은 학교에도 못 가고 방에 축 늘어져 누워만 있었다. 어떨 때는 구걸이라도 하고 싶었지만 이를 악물고 참았다. 말수가 별로 없던 준규는 가난한 집 아이들이 대개 그러하듯 일찍 철이 들었다.

# 3

# 꼬마 삼총사

수혁이 준규를 집으로 데리고 온 뒤로 둘은 부쩍 친해졌다. 수혁은 자신과 다르게 과묵하면서도 의젓한 준규가 마음에 들었다. 굶주려 괴로워하는 준규를 위해 몰래 주먹밥을 만들어 점심시간에 나눠 먹기도 했다.

그러던 어느 날, 수혁은 아침 일찍 부엌에서 주먹밥을 만들다가 어머니에게 들키고 말았다.

"너 지금 여기서 뭐 하는 거니?"

수혁이 얼른 주먹밥을 뒤로 감추었다.

"손 좀 내밀어보렴. 그건 뭐야?"

어머니가 다그치자 수혁은 머쓱한 얼굴로 손에 쥔 밥 덩어리를 내보였다. 결국 안방으로 불려간 수혁이 사정을 털어놓자 어머니는 크게 한숨을 내쉬더니 미소를 지었다.

"밥을 굶는다는 네 친구 이름이… 아, 준규라고 했지? 시장통에서 노점 하는 박 씨 아들. 그이 참 부지런하더라. 이제 주먹밥은 그만 만들려무나. 내가 도시락을 하나 더 싸주마. 그리고 학교가 끝나면 날마다 집으로 데려와도 된단다."

"정말요?"

"요즘 세상에 배고픈 사람들이 어디 한둘이겠냐마는 한동네 사는 아이가 굶는 꼴은 나도 못 본다. 한창 먹을 나이인데 도시락으로 되겠느냐. 집에 데리고 오면 이 에미가 실컷 먹여서 보내마."

"어머니, 정말 고맙습니다!"

수혁은 매일같이 준규를 집으로 데리고 와 밥을 같이 먹었다. 깡말랐던 준규의 얼굴에도 뽀얗게 살이 돋았다. 홀어머니의 끼니를 걱정하는 준규를 위해 수혁의 어머니는 가끔 쌀과 찬거리도 한 아름씩 챙겨주곤 했다. 그럴 때마다 준규는 언젠가 책에서 보았던 자애로운 성모 마리아를 떠올리곤 했다.

며칠 뒤, 수혁과 준규는 널따란 뜰에서 제기를 차며 놀고 있었다. 대문이 조심스레 열리더니 한 소녀가 보자기로 동여맨 작은 항아리를 감싸안고 기웃거렸다. 소녀는 준규와 수혁을 발견하고는 멈칫했다. 수혁이 손짓을 하며 불렀다.

"옥희야, 뭐 해? 들어와."

"으응, 아주머니 계셔? 나 이거 심부름 왔어."

소녀가 변명이라도 하듯 묵직한 보자기를 들어 보였다.

"아, 울 아버지 흑염소 달여왔구나. 어머니는 잠깐 종고모 댁에 가셨어. 내가 전해드릴게."

수혁은 소녀가 건네는 보자기를 받았다. 소녀가 준규를 보더니 고개를 갸웃했다. 준규도 소녀와 눈이 마주쳤다. 소녀는 저도 모르게 얼굴을 붉혔다. 대청마루 기둥 옆에 보자기를 내려놓은 수혁이 소녀를 향해 말했다.

"옥희야, 잘 왔다. 우리 제기차기하고 같이 놀자."

"얘, 여자가 무슨 제기야? 나는 갈게. 아주머니께 말씀드려줘."

소녀가 조그만 목소리 대답하더니 종종걸음으로 대문을 나섰다. 준규는 소녀의 뒷모습을 물끄러미 보다가 수혁에게 물었다.

"누구야? 우리 학교 다니는 애 아냐?"

"맞아. 우리 농사 봐주는 아저씨 딸이야. 옥희, 부옥희. 가끔 우리 어머니 심부름하고 용돈 벌더라고. 우리 옆 반인데 너도 몇 번 본 적 있을걸?"

"그러고 보니 눈에 익네."

"내일 우리 아버지 생신이라서 또 올 거야."

옥희는 수혁의 집에 제사나 잔치가 있을 때마다 일을 거들러 오곤 했다. 옥희는 올망졸망한 얼굴에 보조개가 예쁜 소녀였다. 서글서글한 성격에 손재주도 야무졌다.

다음 날 일요일, 아침부터 윤 씨 부인과 동네 아낙들이 수혁네 집에 모여 요란스럽게 음식을 준비하고 있었다. 마당에 내걸린 여러 개의 솥에서 흰 연기가 자욱이 피어올랐다.

　일하는 남자들이 마당에 천막을 치고 멍석을 깔았다. 현치호는 매년 자신의 생일에 동네 주민들을 초대해 고깃국을 대접했다. 온 동네 사람이 왁자지껄하게 모여 먹고 마시는 진풍경이 벌어지는 날이었다. 수혁과 준규도 잔심부름하기 바빴다. 옥희는 제법 의젓하게 한쪽 옆에서 전을 부치고 있었다. 분주히 손을 놀리던 옥희는 준규와 눈이 마주치자 싱긋 미소를 지었다. 준규는 자신도 모르게 고개를 끄덕였다. 옥희가 정성스레 부친 전을 소쿠리에 담고 있는데 윤 씨 부인이 다가왔다.

　"옥희가 아주 먹음직스럽게 전을 잘 부치는구나."

　윤 씨 부인이 칭찬하자 옥희의 얼굴에 배시시 미소가 걸렸다.

　"에구, 어린애가 아주 기특하네. 부 씨네 둘째 딸인가?"

　"엄마가 없는데도 어쩜 저리 야무진지. 예뻐 죽겠어."

　동네 아주머니들이 하나둘 옥희를 칭찬했다. 준규는 옥희를 한 번 더 쳐다보았다.

　그 뒤로도 수혁의 집에서 옥희를 마주치는 일이 잦았다. 한마을에 사는지라 등하굣길에서도 앞서거니 뒤서거니 발걸음을 같이 했다. 자연스럽게 얼굴은 익혔지만 터놓고 이야기할 기회는 없었다.

마을마다 살구꽃이 활짝 핀 어느 날이었다.

"야, 부옥희! 같이 가."

수업을 마치고 준규와 함께 집으로 돌아가던 수혁은 저만치 앞서가는 옥희를 불렀다. 책보자기를 둘러맨 옥희가 혼자 걷고 있었다.

싹싹한 옥희는 준규와 수혁을 돌아보며 손을 흔들었다.

"참, 옥희야. 너 저번에 육지는 어떤지 궁금하다고 했지? 준규가 육지에서 왔잖아. 모르는 거 있음 준규에게 물어봐."

수혁의 말에 옥희가 명랑한 목소리로 받았다.

"그래? 육지 얘기 좀 해 줘봐. 너 육지 어디에서 살다 왔어? 설마, 경성?"

옥희는 기다렸다는 듯 준규를 향해 질문을 쏟아냈다. 준규는 이성 간에도 스스럼없고 활달한 옥희가 신기하게 여겨졌다. 수혁이 손가락을 튕기며 제안했다.

"그러지 말고 옥희 너도 오늘 우리 집 가자. 오늘 우리 어머니가 모리나가 밀크카라멜이랑 비스킷 사 오신다고 했어. 같이 먹자."

"와, 진짜? 그럼 가야지!"

옥희가 들뜬 목소리로 대답하고는 동동 뛰었다. 아이들은 와르르 함께 웃었다.

열두 살 또래의 수혁과 준규, 옥희는 셋이서 어울려 다니기 시작했다. 옥희는 지주댁 아들인 수혁을 처음에는 퍽 어려워했지만 수혁이 스스럼없이 대하자 금방 벽을 허물었다. 방학을 며칠 앞둔 날, 학교 수업을 마치고 셋은 뒷산 언덕에 올랐다. 언덕 위에 서면 마을은 물론 먼 읍내까지 한눈에 내려다보였다. 손으로 친구들이 사는 집이나 방향을 가리키며 셋은 이런저런 이야기꽃을 피웠다. 초여름의 풀 냄새가 향긋했다. 옥희가 손가락을 뻗어 마을 어귀의 한 집을 가리키며 말했다.

"저기, 저 감나무 집에 내 친구 말숙이 보인다! 어머, 쟤 지금 옷을 벗는 거야? 언니랑 등목하려나 보네."

"그래? 어디? 어디?"

수혁이 옥희의 손가락 방향을 향해 눈을 크게 떴다.

"얘는! 여자들이 목욕하는 걸 보면 어떻게 해? 실은 거짓말이지롱. 호호호. 여기서 말숙이가 어떻게 보이니?"

옥희가 핀잔을 주며 까르르 웃었다.

"아냐, 진짜 뭔가 보이는 것 같은데?"

수혁이 양손으로 망원경을 만들어 진지하게 엿보는 척 장난을 쳤다. 그러자 준규도 소리 내어 웃기 시작했다.

산을 휘돌아감는 시원한 바람이 세 친구 사이를 지나쳐 갔다. 옥희의 머리카락이 가볍게 휘날렸다. 아이들은 잠시 아무런 말도 없이 저 아래 유채꽃밭을 내려다보았다. 노오란 꽃밭이 일렁이며 물결치고 있었다. 그 너머, 푸른 바다가 그림처럼 끝없이 펼쳐져 있었다. 바다를 보고 있노라면, 아이들은 가슴이 벅차올랐다. 미래에 대한 막연한 기대와 두려움이 파도처럼 일렁이며 밀려오고 있었다. 먼바다에서 한동안 시선을 떼지 못하던 준규가 수혁에게 물었다.

"수혁아, 넌 이다음에 커서 뭐 할래?"

수혁은 망설임 없이 대답했다.

"난 군인이 될 거야. 가죽 장화 신고 허리에 긴 칼을 차고 싶어."

수혁은 흙먼지를 일으키며 거리를 달리던 일본군 기마병들을 떠올렸다. 그중에서도 어깨에 번쩍거리는 계급장을 달고 군인들을 인솔하던 장교는 가슴이 쿵쿵 뛸 정도로 멋있어 보였다.

"군인이라… 그래, 좋구나."

준규는 왠지 시큰둥한 반응이었다.

"준규 넌?"

수혁의 물음에 준규가 작은 소리로 대답했다.

"난 그냥 농사지으며 살 거야. 나도 나중에 너희 집처럼 땅이 많았으면 좋겠다. 우리 엄마가 그러는데 조선에서는 땅 많은 게 최고래."

수혁이 피식 웃었다.

"짜식, 농부가 되고 싶은 거네. 소박하긴."

이번에는 수혁이 옥희에게 물었다.

"부옥희! 너도 한번 말해 봐."

"나?"

고개를 젖혀 멀뚱히 흰 구름을 바라보던 옥희가 눈빛을 반짝이며 수혁을 바라보았다. 옥희의 머리카락이 여전히 바람에 흩날리고 있었다. 산을 오를 때 땀이 났는지, 살짝 젖은 앞머리가 햇볕에 반짝거렸다.

"나는 그저 시집이나 잘 갈 테야. 옛날에 우리 엄마가 그랬어. 여자는 그저 듬직한 서방 만나는 게 최고의 복이래. 말숙이도 맨날 같은 소리 하더라. 말숙이는 이다음에 우혁이 오빠한테 시집가고 싶다던데?"

그 말에 수혁이 낄낄대며 작은 돌멩이를 하나 들어 괜스레 멀리 집어던졌다.

"할튼 여자애들이 우리 형 멋있는 건 알아가지고."

우혁은 마을에서 유일한 중학생이었다. 하얀 얼굴에 교복을 입은 늠름한 우혁을 흠모하는 여자아이가 적지 않았다. 수혁은 그즈음 말숙이가 우혁에게 책을 빌린다는 둥 이런저런 핑계로 수혁네를 들락거리던 일을 떠올렸다. 옥희가 장난스런 미소를 지으며 말을 이었다.

"가만있자. 너희 둘 다 착하고 괜찮은 남자들이니, 난 너희 둘 중 한 명에게 시집가면 되겠구나? 호호."

옥희의 느닷없는 말에 준규의 얼굴이 갑자기 붉게 달아올랐다. 그 모습이 재미있는지 옥희가 혼자서 깔깔 웃었다. 준규가 볼멘소리로 따졌다.

"야, 왜 그렇게 우, 웃어?"

준규는 평소에 조리 있게 말을 잘하면서도 가끔씩 옥희와 대화할 때 말을 더듬었다. 그런 친구의 모습을 수혁은 흥미롭게 지켜보았다. '야, 주근깨 대장아.'라며 수혁을 놀리곤 하는 옥희도, 준규는 어딘가 좀 어렵게 대했다.

# 4

# 동굴 속에서 피어난 첫사랑

길고 지루한 여름 방학이 시작되었다. 수혁은 집으로 놀러 온 준규와 방에서 뒹굴며 하릴없이 동화책을 읽고 있었다. 철제 선풍기는 털털거리며 돌아갔고, 밖에는 매미 소리가 요란했다. 손에는 책이 들려 있었지만 어딘가 따분한 날이었다. 〈소영웅〉을 읽고 있던 수혁이 책을 덮고 벌떡 일어나더니 외쳤다.

"준규야! 우리도 숲속에 가서 동굴을 한번 찾아보자."

"동굴? 동굴은 갑자기 왜?"

준규가 엎드린 채 뜬금없다는 듯 수혁을 올려다보았다.

"이 책 좀 봐. 여기도 우리 같은 아이들이 동굴을 탐험하거든? 동굴 속은 아마 시원할 거야. 어때? 준규 너는 나무하러 많이 다녀서 길도 잘 알잖아?"

수혁의 말에 준규는 잠시 생각하더니 입을 열었다.

"하긴 나도 동굴을 몇 번 발견한 적이 있어. 들어가 보지는 않았지만."

"좋았어! 너랑 다니면 산에서 길 잃어버릴 걱정은 없겠다. 가자! 어때?"

준규도 몸이 근질근질한 건 마찬가지였다. 구름을 밟고 하늘에라도 날아오르고 싶은 열두 살 아이들이었다. 보자기에 양초와 성냥, 약간의 먹을 것을 챙겨 허리에 둘렀다.

아이들은 옥희도 불러내 같이 가기로 했다.

"안 돼. 아무래도 아버지한테 혼날 것 같아."

집으로 찾아온 친구들에게 옥희는 풀 죽은 얼굴로 고개를 저었다. 며칠 전 남자애들과 너무 어울려 다니지 말라고 아버지께 꾸지람을 들었기 때문이다. 옥희의 아버지 부 씨는 옥희가 수혁과 친하게 지내는 것을 탐탁하게 여기지 않았다. 수혁이 부모의 인품은 존경했으나 사람은 분수에 맞게 살아야 한다고 생각했기 때문이다. 수혁은 그럴듯한 말로 옥희를 꾀었다.

"그럼 말야, 우리 집 어른들을 따라 갑룡 삼촌네 일 도와주러 간다고 말씀드려 보는 건 어때? 우리 엄마가 부탁했다고 하면 되잖아. 우리 경찰 외삼촌 알지? 이번 주에 집수리한다고 했거든. 대신 돌아오는 길에 너희 아버지 드실 고기랑 안줏거리를 사자. 내가 용돈 많이 받았어."

　부 씨는 술을 무척 좋아했다. 본래 옥희 밑으로 아들이 하나 있었는데 어릴 때 병으로 잃고, 그 충격으로 아내마저 세상을 뜨자 부 씨는 술병을 끼고 살았다.

　한 달에 한 번 돼지고기 먹기도 힘든 시절이었다. 옥희는 '고기'라는 말에 스르르 밝은 얼굴이 되었다. 농사일을 마치고 온 아버지가 혼잣말처럼 '에이, 고기라도 좀 먹어야 힘을 쓰지.'라고 투덜거리던 말이 귓가에 어른거렸다.

　"그래? 그럼 너희들 여기서 잠깐 기다려봐."

　댓돌에서 신발을 고쳐 신은 옥희는 밭에서 일하는 아버지를 향해 급히 뛰어갔다.

　"아버지가 너무 늦지만 말래."

　한달음에 돌아온 옥희가 숨을 고르며 말했다. 수혁과 준규의 얼굴에 기쁨이 스쳤다.

　아이들은 유쾌한 기분으로 길을 나섰다. 여름의 투명한 햇살이 아이들 머리 위로 부서지고 있었다. 그들이 가는 길을 축복하듯 푸른 나뭇잎들도 덩달아 햇빛에 반짝거렸다. 콧노래가 절로 나오는 한가로운 여름의 오후였다. 산을 오르기 시작한 지 얼마 지나지 않아 숲속에 펼쳐진 인적 드문 오솔길 앞에 다다랐다. 준규가 멈춰 섰다.

　"저기로 가보자. 저쪽에서 동굴을 본 기억이 있어."

준규가 자신 있게 손가락을 가리켰다. 아이들은 그 길을 따라 한참을 걸었다. 슬슬 땀이 배어 나오기 시작했다.

"자, 저기 큰 너럭바위 보이지? 저 뒤로 조금만 걸으면 돼."

준규가 말한 지점까지 왔지만 동굴은 어디에도 보이지 않았다. 조금만, 조금만 더. 아이들은 어느새 같은 장소를 뱅글뱅글 도는 듯한 느낌을 받았다. 그늘진 숲이었지만 후텁지근한 공기는 피할 길이 없었다. 언제부터인가 바람은커녕 새소리도 들리지 않고 사방이 고요하기만 했다. 수혁이 이마에 흐르는 땀을 훔치며 멈춰 섰다.

"잠깐만. 우리 혹시 지나친 거 아냐?"

"동굴이 있긴 한 거야?"

옥희가 진땀을 닦으며 불퉁거렸다. 땀으로 흠뻑 젖은 건 준규도 마찬가지였다. 준규는 난처한 듯 젖은 머리를 긁었다.

"이상하다. 분명 이 부근이 맞는데…. 여기가 워낙 헷갈려서."

조금 더 가보기로 하고 길을 다시 나서는데, 옥희가 발을 헛딛고 말았다. 다행히 다친 데는 없었지만 옥희의 고무신이 산비탈 아래로 데굴데굴 굴러떨어졌다. 준규가 고무신을 주우러 비탈을 타고 한참을 밑으로 내려갔다. 그때 어디선가 희미한 소리가 들려왔다. 짐승 소리 같기도 하고, 사람 울음소리 같기도 한, 희미하지만 분명한 소리였다.

"얘들아. 이 소리 들려?"

"무슨 소리? 여긴 안 들리는데?"

준규의 시야에 파르르 가늘게 떨리는 나뭇잎이 보였다. 바람이 불어오고 있었다. 준규는 귀를 기울이며 소리가 나는 쪽으로 다가가 보았다. 억새와 수풀로 우거진 곳이 나타났다. 바람은 그 너머에서 불어오고 있었다. 준규가 그 수풀을 헤치고 지나가자 바람이 휘이잉 괴성을 지르며 얼굴을 확 덮쳐왔다. 준규는 자기도 모르게 눈을 질끈 감았다 떴다. 어른의 키 높이 정도 되는 작은 동굴이 시원한 바람을 내뿜으며 준규를 맞이하고 있었다. 무성한 수풀로 입구가 교묘하게 가려진, 그야말로 숨겨진 동굴이었다.

신이 난 준규는 비탈 위를 향해 수혁과 옥희에게 외쳤다.

"얘들아, 이리로 내려와 봐! 여기 근사한 동굴을 발견했어!"

"진짜?"

아이들은 조심스럽게 비탈 아래로 내려갔다.

"와, 이 바람 소리 뭐야? 꼭 귀신 소리 같다. 히히!"

"이런 데 동굴이 있었다니! 준규야, 너 알고 있었어?"

수혁이 보자기에서 성냥과 양초를 꺼내 불을 붙이며 물었다.

"아니, 나도 처음 보는 동굴이야. 여기는 진짜 군대가 와도 못 찾겠다."

워낙 사람의 발길이 드문 곳이긴 하지만 설사 누가 온다고 해도 동굴 앞쪽으로 빽빽이 자라난 수풀 때문에 쉽게 눈에 띌 것 같지 않았다. 양초 두 개에 불이 붙었다. 불이 꺼지지 않게 손바닥으로 바람을 막으며, 아이들은 망설임 없이 동굴 안으로 들어갔다.

막상 동굴 안으로 들어가자 촛불이 흔들리지 않았다. 여름철의 동굴 안은 아늑하고 시원했다. 아이들은 햇빛이 희미하게 비추는 입구 가까운 곳에 자리를 잡았다. 초를 바닥에 세워두고 허기가 진 아이들은 가져온 떡부터 나눠 먹었다. 기분이 좋아진 옥희가 노래를 흥얼거렸다. 일렁이는 촛불에 옥희의 얼굴이 붉게 빛나고 있었다. 수혁이 빙글빙글 웃으며 제안했다.

"우리 이왕이면 안으로 좀 더 들어가볼까?"

"여기서 더? 혹시 박쥐나 산짐승이라도 나오는 거 아냐?"

옥희가 무섭다는 듯 눈을 크게 뜨며 주저했다. 동굴 안은 꽤 깊어 보였다.

"안에 일본군이 숨겨둔 금괴라도 있을지 모르잖아. 야야, 그러지 말고 우리 한번 탐험해보자."

그 말에 준규의 얼굴에도 호기심이 피어올랐다.

"그래, 옥희야. 또 언제 와보겠어. 한번 가보자."

그쯤 되자 옥희도 마지못해 고개를 끄덕였다. 준규와 수혁은 촛불을 하나씩 들고 옥희의 손을 나란히 잡았다. 동굴 안으로 걸어 들어갈수록 길은 점점 더 넓어졌다. 동굴 안은 생각했던 것보다 신비스럽고 웅장했다. 울퉁불퉁 기괴하게 생긴 석순이 위아래로 솟아 있고 바닥에는 졸졸 지하수가 흐르고 있었다. 이윽고 바위로 이루어진 평평하고 널따란 터가 나타났다. 수십 명은 족히 모여

쉴 수 있을 것 같았다.

"와, 멋있다. 동화 속의 지하 궁전 같아."

그때였다. 끼릭 끼리릭. 어디선가 박쥐 떼가 세 친구를 향해 후드득 날아왔다.

"어이쿠!"

수혁이 놀라 휘청거리는 바람에 손을 잡고 있던 세 친구가 연달아 중심을 잃고 넘어졌다. 양초 두 개가 순식간에 꺼지자 금세 칠흑 같은 어둠이 사방에서 몰려들었다. 준규가 몸을 숙이고 손을 더듬었으나 양초는 잡히지 않았다.

"이를 어째?"

한 치 앞도 보이지 않았다. 밤보다 더 까만 공포가 밀려왔다. 옥희가 훌쩍거리기 시작했다.

"이제 우리 어떻게 해. 나 무섭단 말야."

"야, 울지 마. 울긴 왜 울어. 밖으로 나가면 되지."

그렇게 말하는 수혁의 목소리도 떨렸다. 준규가 엉겁결에 옥희를 잡은 손에 힘을 주며 옥희의 귓가에 속삭였다.

"걱정하지 마. 내가 지켜줄게."

참 이상한 일이었다. 준규의 말에 옥희의 가슴이 콩닥거리며 마음에 꽃물이 번지는 것 같은 기분을 느꼈다. 처음 느껴보는 감정이었다. 가슴이 뛰기는 준규도 마찬가지였다. 다행히 동굴에 들어올 때 갈림길 같은 건 보지 못했다. 세 친구는 서 있는 위치에서 그대로 뒤로 돌아 걸어 나가보기로 했다. 셋은 더듬더듬 발을 조심스레 내디디며 왔던 길을 거슬러 갔다. 멀리 동굴 입구로 보이는 가느다란 빛이 나타났다.

"어휴, 살았다."

간신히 동굴을 빠져나오자마자 수혁은 마른 흙 위에 털썩 앉았다. 준규는 여전히 옥희와 손을 맞잡은 채 손등으로 눈물을 찍고 있는 옥희를 달래고 있었다.

"어? 뭐야? 너희 둘 왜 아직도 손잡고 있어?"

수혁이 괜스레 샘이 나 소리쳤다. 준규가 화들짝 놀라 잡은 손을 떼었다. 옥희의 얼굴도 발그스레해졌다. 아이들은 얼른 집으로 돌아가기로 했다. 수풀을 헤치며 발걸음을 돌리던 준규가 문득 뒤를 돌아보았을 때, 동굴은 무슨 일이 있었냐는 듯 태연하게 입을 벌리고 서 있었다. 준규는 미련 없이 고개를 돌렸다. 희미한 바람 소리가 점점 멀어져갔다.

돌아오는 길 내내 서녘 하늘에 감귤빛 노을이 곱게 번졌다. 아이들은 읍내에 들러 고기를 사고 사탕도 하나씩 사서 입에 물었다. 매끈한 알사탕을 입안에서 굴리던 수혁이 노래를 흥얼거리자, 아이들도 어느새 따라 부르기 시작했다.


낮에 나온 반달은 하얀 반달은

해님이 쓰다 버린 쪽박인가요

꼬부랑 할머니가 물 길러 갈 때

치마끈에 딸랑딸랑 채워줬으면


아이들의 합창은 끊길 듯 끊어지지 않고 마을 어귀까지 굽이굽이 이어졌다. 마을이 보이기 시작하자 옥희가 말을 꺼냈다.

"얘들아, 우리 누가 먼저 집에 도착하나 뛰어가볼까?"

"그럴까? 하나, 둘⋯."

'셋'을 외치기도 전에 수혁이 먼저 후다닥 출발했다.

"야, 현수혁 너 반칙!"

"반칙은 무슨, 히히히."

옥희가 씩씩대며 뒤따랐다. 준규도 고무신을 손에 쥐더니 노을 속을 맨발로 내달렸다. 아이들의 가슴은 내일을 향한 벅찬 설렘으로 물들었다.

# 5

# 사랑을 느낄 때

세월은 쏜살같이 흘러 천진난만하던 아이들도 어엿한 청년이 되었다. 수혁과 준규는 키가 껑충 자라면서 거뭇거뭇한 수염이 나기 시작했고, 옥희는 얼굴선이 유난히 고운 어엿한 숙녀로 자랐다.

1945년 8월 15일, 2차세계대전에서 패전한 일본이 물러나고 그토록 바라던 광복이 찾아왔다. 그러나 해방의 기쁨도 잠시, 게양되어 있던 일장기가 내려가고 성조기가 올라갔다. 남한에는 미군정이, 북한에는 소련의 붉은 군대가 주둔하게 되었다. 제주도에도 미군들이 들어왔다. 그 많던 일본군은 무기를 땅이나 바다에 버리고 제주도를 떠났다. 그렇게 해방을 맞이했지만, 미국과 소련

사이에서 친탁이냐 반탁이냐, 좌익이냐 우익이냐로 갈라져 사회
는 한껏 혼란스러웠다. 제주의 거리에도 허구한 날 플래카드를 들
고 데모하는 사람들로 들썩였다.

　해가 바뀌고, 한동안 진로를 고민하던 수혁은 서울로 가게 되었
다. 어릴 때부터 꿈이었던 군인이 되기 위해 사관학교에 진학하기
로 결심한 것이다. 서울에 사는 친척 집에 머무르면서 입학 시험
을 준비할 예정이었다.

　얼마 전 수혁은 모집 공고가 실린 신문을 보여주며 아버지를 설
득했다.

　"아버지, 이거 보세요. 전에는 조선경비사관학교(현재 육군사관학
교의 전신)에서 군인들만 뽑았는데 이제는 민간인도 시험 봐서 입학
시킨대요!"

　"수혁아, 굳이 고향을 떠나서 군인이 되어야겠느냐?"

　"네. 아버지, 지금은 군정이지만 머지않아 곧 나라가 세워집니
다. 이제 새 조국을 위해 봉사할 기회예요."

　수혁은 자신감 넘치는 눈빛으로 대답했다. 수혁의 말에 아버지
현치호는 속으로 놀랐다.

　'이 아이가 언제부터 이리 애국심이 있었던가.'

　자식의 말이 기특하긴 했지만, 사실 현치호는 일본과 떼려야 뗄
수 없는 관계였다. 사람들에게 인심을 베푸는 것과는 별개로 사업
으로 돈을 벌기 위해서는 어느 정도 일본 관료들과 친분을 맺을

수밖에 없었다. 어쩔 수 없는 노릇이라고 그는 스스로를 합리화해 왔다. 그런데 갑자기 해방이 찾아오면서 세상이 뒤바뀐 것이다. 앞으로 무슨 일이 생길지 또 모를 일이었다. 아직 나라의 국력은 약하고, 언제 어느 나라가 우리를 장악하게 될지는. 이 시끄러운 시기에, 현치호는 얼마 전 서울특별자유시가 된 머나먼 경성으로 자식을 보내고 싶지 않았다.

윤 씨 부인도 한숨을 내쉬며 걱정스러운 얼굴로 수혁을 바라보았다. 이미 지인들로부터 육지의 혼란상을 듣고 있던 터라 근심이 앞섰다.

"수혁아, 에미는 아무래도 불안하구나. 한 번 더 생각해보렴."

그러자 우혁이 수혁의 편을 들고 나섰다. 우혁은 평소에 동생과 의기투합하며 수혁의 마음을 잘 헤아려주었다.

"어머니, 수혁이 말이 맞아요. 차차 나라는 안정되어 갈 겁니다. 게다가 우리 집안에 군인이 있는 것도 나쁘지 않습니다. 지금 경찰들은 대부분 일본에 부역하던 자들이라고 욕만 먹잖아요. 세상이 또 어떻게 바뀔지 모릅니다. 아버지 일은 제가 더 열심히 거들게요. 수혁이를 그냥 편하게 보내주세요."

우혁은 아버지를 바라보았다. 그즈음 우혁은 아버지의 사업을 돕고 있었다. 현치호는 지난밤 우혁이 자신에게 했던 말을 떠올렸다.

'아버지, 우리 집안이 그동안 마지못해 일본에 협력했잖아요.

아직 손가락질하는 사람들도 있는데 우혁이가 군인으로 이 나라에 애국한다면 그 또한 속죄의 길 아닐까 합니다.'

현치호의 입장에서는 그 말도 일리가 있었다. 걱정으로 주름을 모았던 현치호는 고개를 끄덕였다.

"그래, 알았다. 수혁아, 우리는 이 섬 구석에 뼈를 묻어도 너만은 저 넓은 육지에서 네 뜻을 한번 펼쳐봐라."

"아버지, 어머니! 감사합니다. 반드시 합격해서 장교가 되어 돌아올게요."

윤 씨 부인도 물기 어린 눈으로 수혁의 손을 잡았다. 자식의 고집을 누가 말리겠는가. 어릴 때부터 형보다 더 대담하고 강단 있던 수혁이었다. 윤 씨 부인은 저도 모르게 솟는 눈물을 옷고름으로 훔쳤다.

수혁이 육지로 떠나기 며칠 전, 수혁과 준규, 옥희 셋은 파도가 들이치는 부둣가의 허름한 술집에 모였다. 일찌감치 구석진 골방을 차지하고 앉아 삶은 전복과 소라, 찌개를 안주로 시켰다. 준규가 막걸리 잔을 들고 수혁을 격려했다.

"자, 마시자! 수혁아, 어릴 때부터 네 꿈이 군인이었잖아. 씩씩한 장교가 되어서 돌아와라."

어엿한 아가씨가 된 옥희도 다정한 눈빛으로 수혁을 바라보고 있었다.

"수혁이 너는 늘 자신감이 넘쳐서 뭐든지 잘할 거야. 서울 가도 연락 자주 해. 알았지?"

"그럼, 당연히 그래야지. 하하!"

수혁은 뜨거워지는 눈시울을 숨기기 위해 괜히 입술을 실룩거렸다. 한동안 옥희를 볼 수 없다는 생각을 하자 가슴 한쪽이 아려왔다. 조금 전까지 자신을 따뜻하게 바라보던 옥희가 이제는 준규를 보며 웃고 있었다. 그즈음 수혁은 느끼고 있었다. 옥희가 부잣집 도련님인 자신보다 가난한 청년 준규를 더 좋아한다는 것을. 언제부터인가 준규를 바라보는 옥희의 동그란 눈에 애정이 듬뿍 담겼다는 것을. 그리고 그 사실에 자신이 매우 가슴 아파하고 있음을.

'언제부터였을까? 오래전 동굴을 갔던 때부터였을까?'

수혁은 지나온 시간을 더듬으며 잠시 눈을 감았다가 떴다.

"자, 수혁아. 우리 오늘은 실컷 마셔보자."

"하하, 그래."

수혁은 호탕하게 말했지만 마음 한구석이 저려왔다.

'준규야, 너도 알고 있지? 내가 옥희를 좋아하는 것을.'

수혁은 준규에게 잔을 따르며 언젠가는 꺼내고 싶었던 이 말을 속으로 삼켰다. 준규는 흥겨운 얼굴로 술잔만 비웠다. 농사일을 거들러 다니며 새참 때마다 한두 잔씩 술을 얻어 마신 탓에 준규의 주량도 꽤 늘어 있었다. 까맣게 그을린 피부에 돋아난 힘줄이 도드라져 보였다.

머리가 굵어지면서부터 준규는 제법 남자다운 풍모를 갖추게 되었다. 준규는 어려운 형편 때문에 보통학교만 마치고 어머니의 노점상을 도왔다. 그러면서 농번기에는 품삯 일꾼으로 불려 나갔다. 먹고살 만한 집의 아이들만 중학교에 진학하던 시절이었다. 그런 와중에도 배움의 끈을 놓지 않고 섬의 뜻있는 청년들이 세운 야학에 나가고 있었다.

수혁이 보기에 준규는 참 신비로운 친구였다. 늘 과묵하고 침착했으며 차림새는 남루했지만 균형 잡힌 체격에 얼굴도 훤칠했다. 가난했지만 독립운동가의 아들답게 결코 남에게 비굴하지 않았다. 여자아이들뿐 아니라 준규를 동경하는 또래 남자아이들도 꽤 있었다. 준규에게는 왠지 사람을 끌어당기는 고혹적인 매력이 있었다. 수혁은 그런 준규가 부럽기도 하고 때로는 야릇한 질투심에 휩싸이기도 했다. 옥희를 생각하면 더욱 그랬다.

"얘, 너희들끼리만 마시니? 나도 좀 줘봐."

수혁이 옥희에게도 술을 따라주었다. 옥희가 생긋 웃고는 술잔을 입으로 가져갔다. 술잔에 닿는 붉고 보드라운 입술에 수혁의 시선이 머물렀다. 옥희는 커가면서 또래 소녀들 중에 돋보이게 예뻤다. 둥그런 눈에 얼굴의 선이 고왔으며 몸매도 날렵했다. 동네 청년들 중에 옥희를 한 번쯤 마음에 두지 않는 사람이 없었다. 수혁도 무심코 옥희를 볼 때마다 가슴이 방망이질치는 것을 감출 수 없었다. 그러나 그뿐이었다. 옥희 또한 보통학교를 졸업하고 다른 집 식모살이를 하며 야학에 다니고 있었다. 비슷한 처지의 준규와 옥희는 서로를 의지하는 사이였다. 거기에 수혁이 비집고 들어갈 틈이 없었다. 게다가 옥희의 마음에 자리 잡은 사람이 바로 친형제 같은 준규이기도 했다. 사춘기를 거치며 다투기도 하고 서먹서먹할 때도 있었지만 한 번도 셋의 우정이 흐트러진 적은 없었다. 발갛게 달아오른 얼굴로 준규를 향해 배시시 웃는 옥희를 바라보며 수혁은 술잔을 비워냈다.

밤이 무르익고 기분 좋을 정도로 술이 올랐다. 옥희도 막걸리 두 잔을 마시고 목덜미까지 붉어졌다. 신발을 고쳐 신고 골방을 나서던 셋은 바깥의 탁자에서 술을 마시던 한 청년과 눈이 마주쳤다. 준규가 먼저 반갑게 아는 척을 했다.

"춘삼이 형님, 안녕하세요. 여기 계셨네요?"

"어? 너희들이구나."

청년도 다정한 얼굴로 손을 들었다. 수혁의 집에서 소작농으로 일하던 김 씨의 외아들, 춘삼이었다. 뿔테 안경 차림의 춘삼 옆에는 콧수염을 기른 중년 남자가 앉아 있었다. 수혁 집안의 후원으로 경성제대를 졸업한 춘삼은 경성에서 잠시 직장에 몸담았다가 해방 뒤 고향 발전에 힘쓰겠다며 제주도로 내려왔다. 춘삼이 수혁을 보더니 미소를 지으며 악수를 청했다.

"아 참, 수혁이 너 서울로 공부하러 간다는 얘기 들었다. 군인이 되겠다며? 그래, 이 시국에 그것도 애국하는 좋은 방법이다. 건강하게 잘 다녀와라."

"고마워요. 형."

수혁도 춘삼의 손을 잡았다. 춘삼 옆의 콧수염 기른 남자가 수혁을 유심히 살피고 있었다. 어딘가 인텔리 분위기를 풍기는 남자의 시선이 왠지 곱지 않았다. 술집을 나서자마자 수혁이 준규에게 물었다.

"준규야, 너 아직도 춘삼이 형이 하는 야학에 나가니?"

"응."

"공부는 할 만해?"

"그럼. 정말 유익해. 특히 춘삼이 형 수업이 재미있다고 다들 좋아해. 워낙 똑똑하고 해박한 형이잖아."

준규가 수업 시간을 떠올리며 기분 좋은 얼굴로 대답했다.

"맞아, 우리가 또 언제 이런 공부를 해보겠어?"

옥희가 바닷바람을 맞으며 명랑하게 거들었다. 수혁도 바람에 몸을 내맡겨 두 팔을 길게 뻗으며 물었다.

"아까 그 옆에 있던 아저씨는 누구셔?"

"아, 춘삼이 형과 같이 육지에서 내려온 분인데 아주 똑똑해. 이북에 있을 때 무슨 위원장인가 높은 자리에 있었다고 하더라."

준규는 마치 자신의 큰형님이라도 되는 듯 자랑스럽게 대답했다. 수혁은 자신을 달갑지 않게 쳐다보던 그 중년 남자의 눈길이 마음에 걸렸다.

고향에 내려온 춘삼은 몇몇 청년들과 농촌 계몽을 하겠다며 야학을 개설해 섬사람들을 가르치고 있었다. 중년 남자도 그때 함께 내려온 이였다. 배움에 목말랐던 가난한 주민들은 춘삼의 일행을 반겼고 수업료로 돈 대신 미역과 톳, 감자를 내곤 했다.

　어릴 때부터 지주의 아들인 수혁을 어려워하던 춘삼은 고향으로 내려온 뒤로는 수혁을 멀리하는 눈치가 역력했다. 수혁과 우연히 마주치면 어색한 미소로 인사를 하긴 했지만, 금세 어딘가 서늘한 바람이 부는 표정이 되곤 했다. 수혁도 춘삼과 살갑게 지낸 기억이 없었다. 게다가 굳이 이 섬 구석까지 춘삼을 따라 내려온 외지의 남자도 수혁의 눈에는 어딘가 미심쩍었다.

　세 친구는 바닷가의 어둑한 길을 한참 걸었다. 마을 어귀가 보이기 시작하자 옥희가 장난스럽게 제안했다.

　"얘들아, 우리 옛날처럼 감나무 집 말숙이네까지 한번 뛰어가 볼까?

　"뭐? 이 달밤에 뜀박질을 하자고? 에이, 그래 하자! 하나, 둘…."

　수혁이 옥희의 말을 받아 '셋'을 외치기도 전에 달리기 시작했다.

　"야, 현수혁 반칙! 이 장난꾸러기!"

　옥희가 까르르 웃으며 수혁의 뒤를 쫓아 달려갔다.

　"사람이 변하면 안 되지. 난 늘 푸른 소나무야. 히히."

　앞서 달리던 수혁이 뒤를 돌아보았다. 함박웃음을 지으며 자신에게로 달려오는 옥희가 한눈 가득 들어찼다. 그 너머 역시나 환하게 웃으며 뛰어오는 준규도 보였다. 상쾌한 밤공기가 콧속 깊이 들이차자 수혁은 가슴이 뻐근해짐을 느꼈다. 수혁은 성장통이라 생각했다. 누구나 자라면서 느끼는 통증이라고. 그래야만 했다. 성장을 마치면 통증이 멎을 테니까. 느닷없는 발자국 소리에 마을의 개들이 짖기 시작했다. 오랜만의 만남에 다들 유쾌했다. 달빛 어스름한 밤하늘 위로 세 젊은이의 맑은 웃음소리가 울려 퍼졌다.

수혁이 서울로 떠나는 날, 가족은 물론 친구들까지 제주항으로 수혁을 배웅 나왔다. 제법 멋을 부린 수혁의 두꺼운 검정 코트가 바람에 펄럭였다.

"아버지, 어머니. 잘 다녀오겠습니다."

"그래, 그래. 내 새끼, 아프지 말아야 한다."

윤 씨 부인은 손수건으로 연신 눈물을 닦아냈다.

"사내대장부가 기왕 마음 먹었으니 반드시 뜻을 이루고 오너라."

말은 그리해도 내심 다감한 현치호는 젖어가는 눈으로 헛기침을 했다. 수혁은 형에게 아버지 어머니를 잘 부탁한다고 당부했다. 그러고는 잠깐 형의 귀에 바짝 대고 속삭였다.

"나 다음에 올 때 말숙이랑 국수 먹게 해주는 거지?"

우혁의 얼굴이 금세 붉어졌다.

"쉿, 어머니 들으실라."

"형도 참. 그 꼬맹이가 뭐가 좋다고. 큭큭."

연신 눈짓을 주는 수혁에게 우혁은 꿀밤을 먹이며 너털웃음을 지었다. 우혁은 그즈음 같은 마을 처녀 말숙이와 몰래 사귀고 있었다. 바로 감나무 집에 살던, 옥희와 수혁의 동창이었다. 말숙을 경리 학원에 보내고 아버지의 회사에 취직을 시켜준 것도 우혁이었다. 수혁은 두 사람이 가끔 밤에 몰래 데이트를 한다는 사실을 알고 있었지만 입을 굳게 다물었다. 유달리 의좋은 두 형제만의 은밀한 비밀이었다.

수혁은 옥희와 준규의 손도 번갈아 잡았다.

"준규야, 고향 잘 지키고 있어라. 옥희 잘 챙기고."

"그래. 여긴 걱정 마."

"옥희야, 나 반드시 장교가 돼 돌아올게. 기대해라! 너 요즘 얼굴이 핼쑥해진 것 같은데 건강 잘 챙기고."

"알았어. 너야말로 몸 간수 잘해. 요즘 육지 사정이 매우 험하다는데."

옥희의 갸름하고 새하얀 얼굴이 싱그러웠다. 수혁은 마지막으로 옥희의 머리를 쓰다듬고 싶다는 생각을 하다가, 이내 고개를 돌렸다. 뱃고동 소리가 길게 울리고 닻이 올랐다. 곧 출항하니 서둘러 승선하라는 안내 방송이 선창가에 울려 퍼졌다. 수혁은 배웅 나온 사람들을 향해 힘차게 경례를 붙이고 갑판을 잇는 계단에 올랐다. 떠나는 배 위에서 수혁은 웃음 어린 얼굴로 손을 흔들었다.

준규도 힘차게 양팔을 내저었다. 옥희도 눈물을 참으며 미소를 지어 보였다. 뱃전에 하얗게 물결치는 파도를 보며 수혁은 새삼 옥희에 대해 움텄던 사랑이 짙어지는 것을 느꼈다. 섬이 점점 멀어지고 사람들이 작아졌다. 저 멀리 단풍으로 곱게 물든 한라산이 보였다. 바다도 잔잔히 가을빛으로 물들고 있었다.


　준규는 홀어머니를 도와 밤낮으로 부지런히 일했다. 삶과 청춘을 옥죄는 지긋지긋한 가난의 굴레에서 벗어나고 싶었다.

　돈이 되는 일이라면 이 일 저 일 가리지 않았다. 바닷가에서 생선을 떼다가 중산간 마을마다 손수레를 끌고 다니며 팔았다. 여름에는 공사장을 찾아 뙤약볕에서 막일을 전전했다. 몸은 고되지만 차곡차곡 쌓이는 돈을 보면 힘든 줄을 몰랐다.

　다 쓰러져가는 오두막집도 흙으로 벽돌을 구워 산뜻하게 단장했다.

　"준규 총각은 참 부지런해."

　"우리 제주 사람들도 다 저렇게만 일하면 금세 부자될걸. 암암."

　주위에서 다들 준규의 칭찬을 아끼지 않았다.

　옥희의 사정은 좋지 않았다. 아버지 부 씨가 시름시름 앓더니 가슴을 쥐고 기침을 하기 일쑤였다. 소작 일을 며칠씩 빠지던 아버지는 끝내 자리에 누웠다. 옥희의 언니는 바닷가 어부 사내에게 시집을 가 아버지를 돌보는 일은 전적으로 옥희의 몫이었다.

　옥희는 식모 일을 그만두고 집으로 돌아와 아버지의 병간호에 전념했다. 두 사람 모두 일을 하지 못하자 살림은 금세 궁핍해졌다. 언니네도 아등바등 살림을 꾸려가는 형편인지라 가끔 어렵게 마련한 양식을 보내올 뿐이었다. 곁에서 옥희 부녀를 힘껏 도운 사람은 준규였다. 준규는 옥희네 쌀독이 빌 때마다 보리쌀을 채워 넣었고, 부 씨를 위해 몸에 좋다는 음식과 한약재를 구해다가 옥희에게 한 아름 건네기도 했다.

그래도 병세가 나아지지 않자 준규는 빚을 내 부 씨를 제주도립병원에 입원시켰다. 부 씨는 겨울 나뭇가지 같은 앙상한 손으로 준규의 손을 잡으며 고마워했다.

"준규, 내 자네에게 어찌 이 은혜를 갚겠는가?"

"별말씀을요. 제가 옥희와 어릴 때부터 둘도 없는 친구인데요. 아버님, 신경 쓰지 말고 몸 잘 추스르세요."

"자네 때문에 내 눈을 감아도 옥희 걱정은 없겠어. 우리 옥희를 부탁해도 될까?"

부 씨가 마음에 숨겨둔 말을 꺼냈다. 부지런하고 심성이 고운 준규가 옥희와 짝이 되었으면 하는 바람이 있었다.

"네, 아버님. 염려 놓으세요. 옥희는 제가 언제나 챙길 겁니다."

준규의 말에 곁에 서 있던 옥희의 얼굴도 빨갛게 물들었다. 그것은 옥희에게 들려주는 준규의 우회적인 고백이었다.

# 6

# 들불 야학 사람들

"그러니까 우리는 '동학당의 난'이라고 치부하지만 사실은 혁명적 성격을 띤 '갑오농민전쟁'이라고 하는 게 맞아. 폭정에 항거하고 일본이라는 외세에 저항하는 일종의 혁명 운동이라고 봐야겠지!"

자그마하고 허름한 목재 건물 2층. 창문으로 희미한 불빛이 새어 나왔다. 학생들에게 역사를 가르치는 춘삼의 목소리가 우렁찼다. 십여 명의 학생은 앳된 얼굴의 소년 소녀도 있었고 이십 대로 보이는 청년들도 있었다. 대개 정규 교육을 받지 못한 가난한 이들이었다. 준규도 학생들 사이에서 꼬박꼬박 공책에 필기를 하고 있었다. 아무리 바쁘고 몸이 고되어도 야학 수업은 빠지지 않으려

노력하던 준규였다. 창가에 앉은 말숙이가 손을 번쩍 들고 질문을 했다.

"춘삼이 오빠, 아니 선생님! 그러면 지금 제주도에 들어온 미군 정도 '외세'라고 봐야 한다는 건가요?"

춘삼이 대답도 하기 전에 얼굴 가득 여드름 뒤덮인 십 대 소년이 꼬장꼬장한 목소리로 끼어들었다.

"아니에요. 우리 엄마가 그러는데 일본을 몰아내고 우리를 도와주러 왔으니 고마운 사람들이래요."

장터거리 이발소 집의 아들 형주라는 소년이었다. 춘삼이 잠시 생각에 잠겼다.

"글쎄, 어머니께서 아직도 그렇게 생각하고 계실까? 올해 지독한 흉년이 들었지만 미군들은 보리를 공출했지. 보리를 빼앗아가고 양과자를 강제로 사게 했어. 덕분에 식량이 없어 칡뿌리를 캐 먹거나 돼지 사료를 먹는 사람도 생겼다. 콜레라까지 유행해서 사람들이 죽어나가는 판국에 말이다. 미군은 일본 총독부의 자리를 대체하는 또 하나의 침략자들일 뿐이란다. 친일파들을 등용하는 것만 봐도 알 수 있지. 게다가 자기들 입맛에 맞게 남한에 단독 정부를 수립해서 한반도를 영원히 분단시키려고 하고 있잖아? 참이 나라가 걱정이다. 우리 섬사람들도 하루빨리 각성을 해야 하는데 말이야."

처음에 제주도 사람들은 미군을 일본 군대를 몰아줄 해방군인

줄로만 알았다. 그래서 미군이 섬에 들어오던 날 성조기를 흔들며 환영해주기도 했다. 그러나 그러한 기대는 산산이 부서진 지 오래였다. 미군에 대한 민심은 좋지 않았다. 춘삼이 근심 어린 표정으로 고개를 내저으며 숨을 내뱉었다.

수업을 마치고 돌아가는 길, 춘삼은 준규를 나직이 불렀다.

"준규야, 잠깐 나 좀 보자."

"네, 형님."

"내가 전에 말한 거 혹시 생각해봤어?"

"저… 그, 그게 제가 뭘 알아야죠. 사실 겁도 나고요."

"그래? 여하튼 천천히 생각해봐. 친일파들은 아직도 떵떵거리면서 잘사는 거 봐라. 너처럼 자랑스러운 독립군의 아들이 우리 조직에 들어오면 좋겠지만, 형은 너한테 강요할 생각은 결코 없어. 알았지?"

"네, 형님."

춘삼은 만면에 인자한 미소를 머금은 채 준규의 어깨를 가볍게 두드렸다. 준규는 그저 춘삼을 따라다니며 이것저것 배우는 게 좋았다. 어머니도 준규가 야학에 다니는 것을 내심 자랑스러워했다.

"모름지기 사람은 배워야 한다. 춘삼이 청년이 너희도 가르쳐주고 참 훌륭하구나. 이 에미가 네 공부를 많이 못 시켜서 늘 한이었다. 장사는 어미에게 맡기고 가서 하나라도 더 배우거라."

그런 춘삼이 얼마 전부터 준규에게 은밀히 자신들의 청년 조직에 가입하라고 권유하고 있었다. 준규는 춘삼을 산처럼 믿고 따랐지만 그가 주도하는 조직이 경찰의 주시를 받고 있다는 사실은 짐작하고 있었다. 준규는 늘 자상하게 대해주는 춘삼의 청을 계속 거절하는 게 미안했다. 며칠 뒤 춘삼이 내미는 입회 원서에 손도장을 찍었다. 그러나 어딘가 찜찜했던 준규였다.

장터거리가 왁자지껄했다. 미닫이문에 '국밥'이라고 쓰여 있는 작은 식당 앞에 열댓 명의 사람들이 몰려 있었다. 제대로 된 간판도 없었지만, 준규는 뿌듯한 눈으로 식당을 바라보고 있었다. 슬그머니 곁으로 다가온 옥희가 남들 눈을 피해 준규의 손을 잡았다. 준규도 손에 가볍게 힘을 주었다. 옥희의 아버지가 도립병원에 입원한 뒤, 준규와 옥희의 사이는 더욱 가까워졌다.

어머니와 함께 착실히 돈을 모은 준규는 드디어 오늘 식당 문을 열었다. 탁자라곤 다섯 개밖에 없는 보잘것없는 식당이지만 노점을 전전하던 준규 모자에게는 새 출발을 알리는 꿈 같은 사업장이었다. '들불 야학'이라고 쓰인 작은 화환이 식당 앞에 유일하게 서 있었다.

철 지난 낡은 양복을 입은 늙은 목사가 사람들 앞에 나섰다. 목사는 옆구리에 꼈던 두꺼운 성경책을 펼치더니 성경 구절 하나를 읊고 축하 기도를 시작했다.

"아멘!"

기도를 마친 목사가 손을 위로 번쩍 올렸다. 다들 즐거운 얼굴로 손뼉을 쳤다. 대부분 준규 모자가 다니는 작은 교회의 교인들이었다. 준규 어머니가 연신 허리를 굽혔다.

"감사합니다. 정말 감사합니다!"

목사와 손님들이 식당 안으로 안내되었다. 자리가 비좁아 빌려온 평상을 식당 앞에 놓고 돗자리를 펼쳤다. 앞치마를 두른 옥희와 작업복 차림의 준규가 부지런히 국밥을 날랐다.

"맨날 손수레만 끌고 다니다가 이렇게 내 가게를 마련하니 얼마나 좋수?"

"준규 청년이 좀 부지런해? 사람이 반듯하고 얼굴은 또 얼마나 훤칠해."

손님들의 칭찬에 옥희도 덩달아 흐뭇해졌다. 식사를 마친 축하객들이 하나둘 돌아갈 무렵, 단정한 인민복 차림의 청년 두 명이 함께 들어왔다. 탁자 위를 정리하던 준규의 얼굴에 반가운 빛이 역력했다.

"춘삼이 형님, 왔어요?"

춘삼은 식당 안을 한 바퀴 둘러보더니 준규에게 악수를 건넸다.

"야, 번듯하구나. 개업 축하한다."

춘삼이 곁에 있던 청년에게 눈짓을 했다. 청년은 준규에게 두툼한 봉투를 건넸다.

"아니, 형님. 이게 뭐예요?"

준규가 의아한 눈빛으로 묻자 춘삼이 부드러운 얼굴로 대답했다.

"축의금이야, 넣어둬. 얼마 안 돼."

준규가 봉투를 슬쩍 열어보더니 놀란 눈빛이 되었다.

"이, 이건 너무 많은데요."

"우리 동지들이 이제 여기서 외상도 가끔 할 것 같은데 내가 미리 잘 보여야지. 하하."

"아이고 참, 형님은⋯."

준규가 황송한 얼굴로 어쩔 줄 몰라 했다. 춘삼은 주방 쪽으로 다가가 설거지를 하는 준규 어머니를 향해 공손히 머리를 숙였다.

"어머님, 개업 축하드립니다!"

"어? 이게 누구야? 춘삼이 총각이구면. 아이고, 와줘서 고마워. 어서들 앉게나. 아직 식사들 안 했지? 내가 국밥 맛있게 말아줄게."

활짝 웃는 어머니의 얼굴에 반가움이 역력했다. 잠시 뒤 두 청년이 앉은 탁자 위에 김이 모락모락 나는 국밥이 놓였다. 춘삼은 입가에 엷은 미소를 지으며 주방에서 어머니를 거들고 있는 준규를 은근한 눈길로 바라보고는 천천히 숟가락을 떴다.


병원에 입원한 보람도 없이, 부 씨의 병세는 날로 악화되었다. 세상을 떠나기 전, 그는 준규를 불렀다.

"자네가 꼬맹이 시절 어머니와 함께 섬으로 온 기억이 나는구

나. 자네가 살던 그 산기슭 판잣집은 내가 다 수리했지. 어때? 우리 제주도 이만하면 살 만하지 않은가?"

"네, 그렇습니다….."

"준규, 그동안 참 고마웠네. 아마 이게 마지막인 것 같아. 나도 우리 여편네와 아들 놈 보러 가야지. 염치없지만 내 딸 옥희를 부탁해도 될까?"

부 씨는 준규의 손을 잡고 가쁜 숨을 몰아쉬었다.

"걱정하지 마세요. 옥희는 제가 책임지고 잘 보살필게요."

"고맙다. 준규, 자네가 참 고마워."

그날 밤 부 씨는 숨을 거두고 말았다.

일꾼들이 상여를 메고 산길을 올랐다. 상복 차림의 옥희와 옥희 언니가 훌쩍이며 상여 뒤를 따랐다. 옥희가 울음을 삼킬 때마다 하얀 입김이 피어올랐다가 사라졌다. 아이를 안은 옥희 형부 뒤를 따라 준규도 묵묵히 산을 올랐다. 준규는 부 씨의 마지막 당부를 가슴에 되새겼다.

'장인어른, 고이 잠드세요. 옥희는 제가 꼭 지키겠습니다.'

매서운 겨울바람도 차츰 물러가고 육지보다 한발 빠르게, 제주도에 봄이 오고 있었다. 마른 가지마다 연둣빛 싹이 움틀 무렵, 평화로운 주민들의 일상을 깨고 총탄이 울리기 시작했다. 시대의 어둠이 제주도를 향해 몰려오는 소리였다.

# 7

# 군인이 되다

그해 봄, 제주에서는 3·1절 기념 행사가 일찍이 예고되어 있었다. 건국을 둘러싼 각 진영의 논쟁으로 제주뿐 아니라 전국이 혼란스럽던 시절이었다. 당일이 되자 어디서 쏟아져 나왔는지 사람들이 끝도 없이 몰려들었다. 크고 작은 태극기를 흔들며 행진하는 시위대로 거리가 뒤덮였다. 리더로 보이는 한 청년의 지시에 다른 청년들이 분주하게 유인물을 나눠주었다. 근엄한 얼굴로 청년들을 지휘하는 사람은 춘삼이었다. 중학생 교복을 입은 한 학생이 지나가다 유인물을 받아들었다. 유인물에는 '3·1 정신 계승하여 자주 독립 이룩하자!'라고 쓰여 있었다.

"통일 독립 만세! 만세!"

학생은 사람들을 따라 만세를 외치며 이내 인파 속으로 사라져 갔다.

또 다른 청년이 들고 있는 플래카드에는 '보리 공출 중단하라' '미군정은 물러가라' 등이 써 있었다. 그날 북국민학교에만 3만여 명이 모였다. 제주 섬이 생긴 이래 최고의 인파라고 했다. 기마 경관과 경찰들은 바짝 긴장한 채로 시위대를 감시했다. 집회는 평화롭게 끝나는 듯했다. 그런데 사람들이 빠져나갈 무렵, 기마 경관이 탄 말에 어린아이가 차여 도랑에 빠졌다.

"경찰이 아이를 치었다!"

날카로운 비명 소리와 함께 사람들이 기마 경관에게 몰려들었다. 놀란 기마 경관이 제주경찰서로 도망갔고, 도망가는 경관 뒤를 흥분한 군중들이 쫓아가기 시작했다. 경찰서 앞에서 이 광경을 지켜보던 경찰들 사이에서 누군가, 방아쇠를 당겼다.

탕!

잠시 뒤, 다른 경찰이 또다시 방아쇠를 당기기 시작했다.

탕! 탕!

탕탕탕탕탕탕!

아기를 업은 아낙네가 뒤에서 총을 맞고 쓰러졌다. 사람들의 비명 소리로 현장은 아수라장이 되었다. 정신없이 도망치는 사람들 사이에 교복 차림의 중학생도 피를 흘리며 넘어져 있었다. 제주 사람들의 울음이, 절규가 시작되고 있었다.

그날 이후 제주 도청 사무실의 분위기는 어수선했다. 직원들은 모른 척 업무에 열중하고 있지만 마음은 이미 거리 밖에 있었다. 말단 공무원 한 명이 화장실을 다녀오며 창밖으로 눈길을 돌렸다. 시위대 속에는 양복쟁이도 있고 학생, 농민들도 보였다. 심지어 시위에 합류한 경찰들까지 보였다. 벌써 열흘째였다.

간부급 중년의 공무원이 얼굴을 찌푸리며 주먹으로 철제 책상을 내려쳤다.

"에이, 이거 일이 되겠어?"

기다렸다는 듯 부하 공무원 한 명이 울상을 지으며 말했다.

"경찰이 죄 없는 시위대에 총을 마구 쏘면 됩니까? 여섯 명이나 죽었어요. 애기 엄마가 등에 총을 맞아 죽었다고요. 도망가는 사람을 쏘다니…."

또 다른 앳된 얼굴의 젊은 공무원도 분기탱천한 얼굴로 소리를 높였다.

"육지에서 온 경찰이 쐈다고 하더라구요. 이거 우리가 섬사람이라고 업신여기는 게 분명합니다!"

그 말에 나이 지긋한 공무원 한 명이 도저히 못 참겠다는 듯 들고 있던 서류 뭉치를 책상 위에 '쾅' 소리 나게 내려놓았다. 사무실 안 사람들의 시선이 일제히 모아졌다.

"정말 이렇게 보고들만 있을 거요? 저는 거리로 나가야겠어요. 이렇게는 일 못 하겠소."

늙은 공무원은 일갈하며 자리를 박차고 일어섰다.

"저도 파업에 동참하겠습니다."

여기저기 책상에 움츠려 있던 사람들이 하나둘 몸을 일으켰다. 그들은 문밖으로 나가자마자 순식간에 성난 군중들의 물결 속으로 휩쓸렸다.


막 여객선이 도착한 석양의 제주항. 수십 명의 건장한 청년들이 허름한 보따리를 하나씩 메고 내렸다. 그들이 내뱉은 짙은 이북 사투리에 배를 타고 온 다른 도민들이 힐끔힐끔 고개를 돌렸다. 그들은 모두 한쪽 팔에 '서북(西北)'이라고 쓴 흰 헝겊을 둘렀다. 남루한 복장에 지친 얼굴이지만 눈빛은 하나같이 매서웠다. 선착장에는 뒷짐을 진 경찰 간부와 몇몇 경찰들이 마중 나왔다.

"동지들, 어서들 오시오!"

이들은 제주 치안을 위해 육지에서 지원 나온 서북청년회의 단원들이었다. 단원들은 이튿날부터 곧바로 시위 진압에 투입돼 잔혹한 폭력성을 유감없이 과시하기 시작했다.

며칠 뒤 제주 시내의 한 거리. 서청 단원(서북청년회 단원의 줄임말)들은 시위를 하다가 잡힌 이들을 남녀 가릴 것 없이 거침없이 두들겨 팼다.

"제발 살려주세요."

"으아악!"

무릎 꿇고 비는 시위대 머리 위로 각목이 무자비하게 떨어졌다. 피를 흘리며 쓰러져도 다시 달려들어 짓밟았다.

"차라리 칵 뒈져버리라우! 이 간나 새끼들. 어떻게 이 섬 년놈들은 전체가 다 빨갱이야?"

한 사내는 시위 도중 붙잡힌 아낙네의 머리를 붙잡고 질질 끌더니 마구 주먹을 휘둘렀다.

"빨갱이 년들은 다 씨를 말려야지비! 그래야 또 빨갱이 자식을 못 낳지."

결국 아낙은 정신을 잃고 몸이 축 늘어졌다. 검은 점퍼 차림에 군화를 신고 가죽 채찍을 들고 다니는 중년 사내가 그 앞에 섰다. 사내는 검은 선글라스를 올리고 여자를 살폈다. 청년단원 한 명이 비굴한 웃음을 지으며 그 옆에 섰다. 중년의 사내는 쓰러진 여자를 발로 툭 건드리며 내뱉었다.

"고년 참 삼삼하게 생겼는디 왜 빨갱이 짓거리야? 저리로 치우라우."

청년단원이 쓰러진 여자를 길가로 밀어냈다. 한쪽에선 붙잡힌 시위대 몇몇을 단원들이 거칠게 트럭에 싣고 있었다. 그중 비교적 예쁘장하게 생긴 젊은 아낙이 중년 사내의 눈에 띄었다.

"어이, 거기 잠깐!"

"네? 감찰부장님."

인솔하는 단원이 고개를 돌렸다.

"고거이 뭐 하는 년놈들이야?"

"이놈들 무슨 들불 야학인가 하는 패거리입네다. 단장님이 따로 조사해보라고 하셔서 일단 사무실로 데리고 가는 중인데 아무래도… 남로당과 연관되어 있는 것 같습네다!"

잠시 머뭇거리던 단원이 금세 확신하는 어조로 대답했다. 사내가 가볍게 눈웃음을 지으며 말했다.

"단장 각하께서 다 짚이는 데가 있으시니 그러시겠지. 알갔서. 아, 그리고 고기 고년은 이따가 나한테 데리고 오라우. 내가 직접 심문하겠어."

"아, 네."

단원도 알 것 같다는 듯 음흉한 웃음을 지으며 받았다.


초여름 태릉의 조선경비사관학교. 합격자 발표 날이 밝자 수혁은 떨리는 마음을 안고 운동장으로 들어섰다. 멀리 게시판에 붙어 있는 합격자 명단 앞에는 이미 많은 사람들이 몰려 있었다. 어머니와 함께 합격의 환호를 올리는 한 깡마른 청년이 보였다. 그 옆에는 낙방을 했는지 고개를 푹 수그리고 바닥에 주저앉은 청년도 있었다.

수혁은 운동장을 가로질러 게시판 앞으로 성큼성큼 걸었다. 가슴이 세차게 쿵쾅거렸다. 위에서부터 하나하나 합격자 이름을 뚫어지게 살폈다. 빼곡히 적힌 이름들 사이에 현수혁(玄秀赫), 자신의 이름이 선명하게 박혀 있었다.

"이얏!"

수혁은 양 주먹을 쭉 뻗고 펄쩍 뛰며 소리를 질렀다.

"아버지, 어머니! 저 합격이에요. 이 현수혁이 합격이라고요!"

수혁은 자신의 이름을 몇 번이나 확인한 뒤 걸어온 운동장을 도로 뛰어가며 크게 웃었다. 오고 가는 사람들이 부러운 눈빛으로 곁눈질을 했다. 수혁은 곧장 두 통의 전보를 썼다.

'부모님, 차남 합격!'

'친구들, 나 합격!'

수혁의 가슴은 터질 듯한 부푼 꿈으로 물들었다.


전보를 쥐고 대문으로 뛰어 들어오는 우혁의 얼굴에 웃음이 가득했다. 수혁의 부친 현치호는 대청마루에 앉아 담배를 뻐끔거리며 과수원 박 초시 영감과 바둑을 두는 중이었다.

"아버지!"

우혁이 기쁨에 겨워 소리쳤다. 막 바둑알 하나를 깐 현치호가 무슨 일이냐는 듯 멀뚱히 쳐다봤다. 마침 부엌에서 윤 씨 부인이 손을 씻고 나오며 물었다.

"얘, 귀 안 먹었다. 무슨 일이기에 이렇게 호들갑이냐?"

"부, 붙었어요. 수혁이가 붙었다고요!"

"뭐가 붙었다는 거야?"

"수혁이가 사관학교에 합격했다고요!"

현치호가 벌떡 일어나 마당으로 뛰어 내려왔다. 우혁의 손에서 전보를 빼앗아 읽더니 고개를 젖히고 껄껄 웃었다. 윤 씨 부인도 허둥대며 다가왔다.

"저 좀 줘보세요."

전보를 받아 읽는 윤 씨 부인의 눈가에 그렁그렁 눈물이 맺혔다. 박 초시가 싱글거리며 입을 열었다.

"육지로 공부하러 간 둘째가 사관학교에 합격했다는 거지? 역시 되는 집안은 다르다니까. 이봐, 이거 뭐 자네가 지금 바둑알이 눈에나 들어오겠나? 목도 컬컬한데 술이나 한잔 사라고."

"암, 이 사람아. 내가 오늘 코가 비뚤어지게 사주겠네. 어디 장터거리 주막집으로 성이 차겠나? 내 차를 타고 면사무소로 나가세! 가서 최 면장도 부르고."

"그러세. 왜 새로 생긴 요릿집 있잖나? 거기 한번 가보세. 하하."

박 초시가 웃으며 외투를 들고 자리에서 일어났다.


같은 시각, 준규는 영업 준비를 하다 말고 깊은 한숨을 내쉬었다. 3·1절 행사 이후 한시도 마음 편한 날이 없었다. 경찰은 시위에 참여한 학생들을 잡아가 마구잡이로 두들겨 팼다. 그럴수록 총파업과 시위는 격해지기만 했다. 감방은 발 디딜 틈 없고 경찰의 잔인한 고문으로 비명 소리가 난무했다. 살기 위해 경찰을 피해 산으로 도망치는 젊은이가 늘었갔다. 준규는 함께 야학했던 친구들이 잡혀갔다는 소식에 가슴이 미어졌다. 어제는 누구, 오늘은 누구누구. 해방 후 통일 조국에 대한 꿈으로 재잘대던 친구들이 무슨 죄가 있다는 것인지 준규는 알 수가 없었다. 오늘 아침에도 입에 차마 담을 수 없는 끔찍한 소식을 들은 참이었다.

그때 식재료를 한 아름 사 들고 온 옥희가 싱글벙글 웃으며 식당으로 들어왔다. 준규는 물기 묻은 손을 허리춤에 닦으며 식재료를 받아 들었다.

"무슨 좋은 일 있어?"

"이것 좀 읽어봐!"

옥희가 내민 전보를 읽던 준규의 얼굴이 전등불 켜지듯 환해졌다.

"자식, 해냈구나! 대단한걸?"

"그치? 수혁이 정말 장하지?"

마치 자기 일처럼 팔짝팔짝 뛰며 기뻐하며 옥희를 준규가 가만히 안아주었다. 옥희도 얼굴을 붉힌 채 가만히 준규의 품에 안겼다. 둘은 어느새 미래를 약속하는 사이가 되어 있었다.

"우리도 수혁이한테 얘기해야 하지 않을까?"

옥희의 말에 준규가 고개를 끄덕였다. 장난꾸러기 수혁이가 알면 얼마나 놀랄까, 중얼거리며 옥희가 쿡쿡 웃었다. 준규는 옥희의 동그란 머리를 쓰다듬으며 어떻게든 옥희를 지켜야 한다고 거듭 다짐했다.

# 8

# 늦가을의 귀향

육지에서는 서청 단원들을 더 많이 제주도로 보냈다. 폭도들을 진압하라는 이유였다. 그들은 거칠었고 무자비하며 잔인했다. 수혁의 마을에도 경찰과 서청 단원들이 수시로 돌아다니며 마을 사람들을 들들 볶았다.

우리는 서북청년군 조국을 찾는 용사로다
나아가 나아가 38선 넘어 매국노 쳐버리자

그들이 노래를 부르며 열을 맞춰 지나갈 때면 사람들은 혼비백산하여 집안의 문을 걸어 잠갔다. 부녀자들은 언제 끌려갈지 몰라

벌벌 떨며 이불을 뒤집어썼다.

서청 단원들은 시장통을 돌며 태극기나 이승만 박사의 사진을 억지로 팔았다. 그마저 여의치 않으면 이런저런 구실로 돈을 뜯어냈다. 육지에서는 서청 단원을 파견만 했을 뿐, 재정적인 지원은 해주지 않았기 때문이다. 간혹 반항하는 주민들은 서북청년회 사무실로 끌고 가서 사정없이 몽둥이찜질을 해댔다. 서청의 무법천지 같은 만행은 섬 전체를 공포로 몰아넣었다. 심지어 도청의 고위 공무원조차 서청의 폭력 앞에 숨을 거두었으나 가해자들은 가벼운 처벌로 끝났다. 서청의 뒤를 오히려 경찰이 봐준다는 소문이 파다했다.

야학을 운영하던 춘삼도 경찰에 붙들려갔다. 춘삼은 시위에 참여해 남한의 단독 정부를 격렬하게 반대하다가 잡혔다. 춘삼은 지독한 고문을 당하고 온몸이 시퍼렇게 멍이 든 채로 만신창이가 되어 풀려났다.

"이 새끼, 앞으로 조심해. 우리가 네놈들 주시하고 있어."

"통일 정부를 열망하는 게 무슨 죄란 말이오? 죄 없는 도민들을 이렇게 함부로 때리고 짓밟는 것이 제주 경찰이 하는 일이오? 심지어 우리 야학의 여염집 유부녀를 겁탈하는 짓도 저질렀소!"

경찰을 노려보는 춘삼의 눈이 불꽃으로 이글거렸다. 춘삼은 온몸이 피멍으로 통통 붓고 다리를 절뚝거리면서도 경찰에게 호통을 치고 나왔다. 얼마 뒤 춘삼은 동료들과 함께 산으로 올라가 버렸다. 많은 청년이 춘삼을 따라 함께 입산했다.

"춘삼이 오빠가 산에 올라갔다며? 세상이 너무 뒤숭숭해. 준규야, 너는 조심해야 해. 우리 같은 무지렁이들은 이런 세상에 그저 납작 엎드려 있어야 해."

옥희는 춘삼과 친한 준규가 행여 해를 입을까 걱정이 앞섰다.

"응, 그럴게. 그나저나 춘삼 형님이 참 걱정이네."

춘삼에게 경찰 수배령이 떨어졌다. 춘삼이 사라지자 이제 경찰과 서청 단원들은 준규의 식당을 찾아가 춘삼의 행방을 물으며 닦달했다. 하루가 멀다고 찾아와 탁자를 부수고 난동을 부렸다.


결국 경찰서로 끌려간 학생이 모진 고문 끝에 시신이 되어 돌아오고야 말았다. 붉은 동백꽃이 소리없이 떨어지던 4월 3일 새벽, 오름마다 봉화가 피어올랐다. 콩 볶는 듯한 총소리가 들리더니 산에서 내려온 무장대가 도내 경찰서들을 일제히 습격했다는 소식이 전해졌다. 남로당 제주도당 지도부를 필두로 한 '제주도 인민유격대'가 무장봉기를 일으킨 것이다. 경찰과 우익 인사 여럿이 죽었고 얼음장 같은 찬 공기가 제주도를 뒤덮었다.

5월 10일로 예정되어 있던 남한 단독 총선거를 앞두고 전국은 혼란스러웠다. 단독 정부가 들어서면 분단국가가 되는 것이기에, 이를 반대하는 시위가 끊이지 않았다. 이들은 통일 독립과 민족 해방을 부르짖으며 거세게 저항했고, 남한 단독 정부를 세워야 하는 미군정은 무차별적인 폭행으로 이들을 탄압했다. 경찰과 서청 단원들은 폭도들을 색출하겠다며 마을마다 휘젓고 다녔다. 산사람들과 조금이라도 연락한 흔적이 있으면 마구 때리고 괴롭혔다. 산사람을 잡지 못하면 대신 가족 중 아무나 붙잡아 총살을 시키고 집에 불을 질렀다. 이른바 대살(代殺)이었다. 이를 피해 더 많은 주민이 두려움에 떨며 다시 산으로, 산으로 올라갔다.

수혁은 사관생도 생활로 눈코 뜰 새 없이 바빴다. 너덜너덜한 누더기 훈련복을 입고 진흙탕의 연병장을 굴렀지만 새 조국의 장교가 된다는 희망으로 벅찼다.

처음에는 바짝 긴장한 채 적응하느라 고향이고 뭐고 생각할 틈이 없었는데, 언제부터인가 수혁은 부쩍 외로움을 느꼈다. 하루의 고된 과정을 마치고 침상에 누워 있으면 막연한 그리움이 물밀 듯이 밀려왔다. 가끔씩 내무반 창문을 열고 밤하늘에 흩뿌려진 별을 볼 때면 문득 사랑을 하고 싶은 마음도 들었다. 한참 이성에 눈뜰 꽃다운 청춘이었다. 그러나 또래 아가씨를 보고도 수혁의 마음은 요동치지 않았다. 그 누구도 수혁의 마음에 들어오지 못했다. 단 한 명을 제외하고는.

수혁의 눈앞에는 옥희의 두 볼에 패인 보조개만 아른거렸다. 가난하지만 누구보다 싱그럽게 웃던 소녀. 시골아이답지 않게 하얀 피부와 크고 맑은 눈. 옥희를 생각하면 마음이 따뜻해지고 입가에 엷은 웃음이 번졌다. 돌이켜 보면 아주 오래된 감정이었다. 옥희는 지금 무얼 하고 있을까… 내 생각을 하기는 할까…. 몇 번이나 밤의 격정에 휩싸여 긴 편지를 쓰고, 아침에 다시 구겨 던지는 수혁이었다.

'그래, 차라리 임관 후에 멋진 장교복을 입고 옥희를 만나러 가자. 그리고 당당하고 떳떳하게 고백을 하자. 옥희가 준규를 좋아한다고 해서 준규도 옥희를 좋아하라는 법은 없으니까. 아니다, 준규와 진지하게 터놓고 얘기해봐야겠다. 어쩌면 지금쯤 준규는 다른 아가씨를 마음에 품었을지 몰라. 준규를 좋아하는 여자애들이 많았으니까.'

수혁은 그렇게 자신을 위로하며 다짐했다. 옥희와 준규가 서로 사랑을 키워나가고 있는 줄은 꿈에도 모른 채 수혁의 연정도 커져만 갔다.

"이수혁, 뭐 하나?"

봄을 알리는 꽃들이 사관학교 담장 아래 담상담상 피어나던 날, 내무반에서 쉬고 있는 수혁 앞에 동기 김치국 생도가 싱글벙글한 표정으로 나타났다. 수혁은 멀거니 김치국을 올려다보았다.

"너 요즘 꽤 싱숭생숭해 보이던데, 고향에 두고 온 아가씨라도 생각하는 거냐? 짜식! 임관 얼마 안 남았는데 정신 바짝 차려야지?"

놀리듯 실실 웃으며 김치국이 편지 한 통을 건넸다. 수혁은 떨리는 마음으로 봉투를 열었다. 준규에게서 온 편지였다.

편지를 읽어 내려가던 수혁의 얼굴이 참담하게 일그러졌다. 몇 번이고 다시 읽었다. 준규가 옥희와 사귀기 시작했다는 내용이었다. 가슴에 커다란 돌덩이가 쿵 떨어진 것 같았다.

'결국 이렇게 되었구나. 이 바보. 조금만… 조금만 더 나를 기다려주지.'

그날 밤 수혁은 태어나서 처음으로 많은 눈물을 흘렸다. 그리고 며칠 뒤 수혁은 아무렇지 않은 얼굴로 축하한다는 답장을 꾹꾹 눌러 썼다. 정말 아무렇지 않은 듯이. 수혁은 실연의 아픔을 잊고자 더욱더 교육과 훈련에 몰두했다.

"참 대단한 생도군! 교과목은 물론 사격, 총검술, 제식 훈련까지 어느 것 하나 부족한 게 없어."

교관들은 수혁을 훌륭한 생도라고 치하했다. 해방 후 아직 건국 전이던 군정 시절, 당시 사관학교는 여섯 달 정도만 이수하면 졸업할 수 있는 속성 과정이었다. 수혁은 우수한 실력으로 사관학교를 졸업했다. 제주도에서 부모님이 올라왔다.

현치호와 윤 씨 부인은 소위 계급장을 어깨에 단 아들 수혁을 얼싸안았다.

"장하다. 우리 아들, 고생 많았지?"

"고생은 뭘요."

중국집에서 요리를 잔뜩 시켜놓고 윤 씨 부인은 까맣게 탄 수혁의 얼굴을 보듬으며 눈물을 흘렸다. 수혁은 애써 준규와 옥희의 안부를 묻지 않았다. 현치호와 윤 씨 부인 또한 제주도의 상황이 심상치 않다는 말을 수혁에게 알리지 않았다. 그 사이, 붉은 섬으로 낙인찍힌 제주에서는 무차별적인 폭행이 자행되고 있었다. 5월 10일 제주도는 세 개의 선거구 가운데 두 개가 정족수 미달로 선거가 무효화 되었다. 이로써 제주는 전국에서 유일하게 국회의원을 선출하지 않은 지역이 되었다. 이후 8월 15일 대한민국 정부가 수립되었고 제1대 이승만 대통령이 선출되었다.

수혁은 한동안 사관학교에 남아 교육 장교로 근무하다가 얼마 뒤 육군본부 정보국으로 발령을 받게 되었다. 정보국에서 특별히 우수한 졸업생들을 차출한 결과였다.


한라산은 하루가 다르게 가을빛을 더해가고 있었다. 한층 청명해진 하늘이 쨍하게 빛나는 점심 무렵, 긴 고동 소리를 울리며 배가 선착장에 도착했다. 육지에서 온 사람들이 하나둘 짐을 들고 내렸다. 말쑥한 장교 정복을 입은 수혁도 일행 사이에서 감개무량한 눈빛으로 주변을 훑었다. 꿈에도 그리던 고향이었다. 햇빛 조각들이 꿈결처럼 거리에 쏟아지고 있었다. 버스에서 내려 마을 어귀로 걸어 들어가자 지나가던 노인이 군복 입은 수혁을 경계의 눈빛으로 살피더니 곧 알아보았다.

"아니! 자네 수혁이 아닌가?"

"돌쇠 어르신, 안녕하셨어요."

"이 사람 이거, 사관학교에 간다더니만 정말 장교가 되어 돌아왔구먼. 축하하네."

"감사합니다. 어르신도 건강하셨지요?"

장터거리에서 구둣방을 운영하는 돌쇠 영감은 수혁의 장교 군복을 연신 신기한 듯 위아래로 살펴보았다. 수혁은 가벼운 걸음으로 집을 향해 걸었다.

"어머니, 저 왔어요!"

마당에 들어선 수혁이 큰소리로 외쳤다. 대청마루에 모여 있던 아버지 현치호와 우혁, 경찰 제복 차림의 외삼촌 갑룡이 크게 놀란 눈으로 수혁을 바라보았다. 이내 반가운 탄성이 여기저기서 터져 나왔다. 안방 문이 왈칵 열리더니 윤 씨 부인이 기쁨에 겨워 달려 나왔다.

"아이고, 우리 수혁이 왔구나!"

작은 소란에 집안의 일꾼들도 힐끔거리며 마당으로 나왔다. 수혁은 마당 한복판에 꼿꼿하게 서서 가족들을 향해 힘차게 경례를 했다.

"충성! 소위 현수혁, 휴가를 명 받고 고향으로 돌아왔습니다. 이에 신고합니다. 충성!"

한바탕 웃음소리가 쏟아져나왔다. 윤 씨 부인은 수혁을 얼싸안고 한동안 어깨를 들썩였다.

모처럼 온 가족이 모인 저녁 식사 자리가 마련되었다. 갑룡이 수혁의 잔에 술을 따랐다.

"수혁아, 한 잔 받아라. 듬직하구나. 군대 생활이 쉽지는 않지?"

"네, 뭐 할 만합니다."

수혁의 어머니가 얼른 굴비 한 점을 수혁의 숟갈 위로 얹어주며 말했다.

"애 목이랑 얼굴 탄 것 좀 봐라. 타지에서 잘 먹고 다녔는지 모르겠다."

흐뭇한 표정으로 수혁을 바라보던 우혁이 실실 웃으며 말했다.

"임마, 너 만나는 여자는 없고?"

수혁이 아무 대꾸도 하지 않자 우혁이 장난스럽게 말을 이었다.

"서울 아가씨들은 멋도 잘 부리고 엄청 깍쟁이라던데. 뭐 좋은 소식 없냐고?"

"응, 말 같은 제주도 여자들보다야 낫지. 형이야말로 이제 국수 먹여줘야 하는 거 아냐? 소문을 듣자하니 형 요즘 만나는 아가씨 있다며?"

수혁이 능청스럽게 받아쳤다. 그 말에 윤 씨 부인이 호기심 어린 눈빛으로 물었다.

"그래? 우리 우혁이 만나는 사람 있어? 내가 안 그래도 우리 우혁이 법원장님네 둘째 딸과 이어줘 볼까 했는데. 법원장님 딸이 그렇게 곱고 착하대. 괜히 동네 되바라진 여자애들 아무나 만나지 말고 조심해. 나쁜 소문이라도 날라. 우리 현씨 가문의 장손인데."

우혁이 당황한 얼굴로 손사래를 쳤다.

"저 만나는 여자 어, 없어요. 어머니, 그냥 수혁이가 하는 소리예요."

그 모습을 본 수혁이 빙그레 웃으며 생각했다.

'그러게 나한테 본전도 못 찾을 거면서 왜 건드려? 아직 말숙이랑 사귀는 걸 어머니에게 말씀 안 드렸나 보네. 소심하긴. 아무래도 내가 도와줘야겠어.'

흐뭇한 얼굴로 술잔을 비우던 현치호가 입을 열었다.

"피곤하겠지만 수혁이는 나와 내일부터 문중 어른들에게 인사 좀 다니자꾸나."

"알겠습니다. 아버지."

갑룡도 수혁을 돌아보며 말했다.

"수혁아, 삼촌 일하는 경찰서에도 한 번 들르거라. 삼촌이 너 용돈도 두둑이 주고 육지 돌아가는 사정도 좀 듣자꾸나."

"네, 삼촌."

갑룡은 그즈음 경찰서장으로 승진해 있었다. 현치호가 미간에 주름을 모으며 갑룡에게 물었다.

"그나저나 자네, 요즘 산으로 올라간 사람들의 움직임은 어떤가? 이거 불안해서 살 수가 있어야지."

"저도 참 걱정입니다. 저놈들 세력이 의외로 만만치가 않아요. 우리 경찰들과 청년단 애들이 이놈들 잡느라 갖은 고생은 다 하고 있는데, 주민들이 다 저놈들 편만 들고 있어서 협조가 잘 안 됩니다. 다들 뭘 믿고 그러는지. 도대체 빨갱이들을 왜 숨겨주는 건지 참, 이해가 안 됩니다."

갑룡의 대답을 들은 현치호의 얼굴에 그늘이 드리워졌다. 윤 씨 부인이 갑룡의 무릎을 가볍게 치며 밝은 목소리로 끼어들었다.

"얘는 오늘 같은 날 뭐 그런 얘기를 하니. 자, 수혁이 휴가 나왔으니 많이들 드시구랴."

어두웠던 분위기도 잠시, 그날 밤 수혁의 집에는 웃음소리가 끊이지 않고 흘러나왔다. 마당 위에 떠 있는 보름달도 덩달아 빛을 냈다.

# 9

# 위태로운 섬

　다음 날 수혁은 아버지와 함께 몇몇 집안 어른에게 인사를 다녀왔다. 가벼운 산책까지 마치고 휴식을 취하던 수혁은 어스름이 질 무렵 길을 나섰다. 낮에 장터거리로 심부름 가던 아이를 통해 준규에게 전갈을 넣은 터였다. 칼 같은 다림질로 각이 제대로 선 군복 차림에 허리에 권총도 찼다. 권총을 들고 나온 것은 좌익들로 인해 제주도가 뒤숭숭하다는 소식에 부대에서 허락해준 배려였다.

　장터거리의 낡고 작은 다방은 한가했다. 귀퉁이에서 맥주병을 들고 노닥거리는 청년들 서넛이 있었다. 수혁은 그들과 정면으로 마주 보이는 탁자에 앉았다. 힐끔힐끔 장교 복장의 수혁을 보는 그들의 눈길이 곱지 않았다. 짙은 이북 사투리로 보아 말로만 듣던 서청 단원 같았다. 그중 제일 험상궂게 생긴 사내가 수혁을 까닭 없이 성난 얼굴로 노려보았다. 수혁도 지지 않고 눈길을 맞받았다. 일순 사내의 눈에 힘이 들어갔지만 수혁 허리춤의 권총을 보고 슬그머니 고개를 돌렸다.

입구에 실루엣이 비치더니 준규가 옥희와 함께 다방 안으로 들어왔다. 수혁이 자리에서 벌떡 일어섰다. 반가움에 숨이 가빴다.

"현수혁 소위! 어쭈, 멋있어졌는데?"

"수혁아! 너무 반가워."

오랜만에 만난 셋은 얼싸안고 기뻐했다. 잠시 뒤 셋은 파도가 들이치는 바닷가의 주막으로 자리를 옮겼다. 수혁이 제주도를 떠나기 전 함께 술을 마셨던 그 집이었다. 장소만 같을 뿐 그동안 여인의 자태가 더 완연해진 옥희를 보고 수혁은 마음이 요동쳤다.

'너는 왜 그렇게 더 아름다워진 거니. 옥희야…'

알맞게 구운 생선과 얼큰한 해물찌개가 안주로 나왔다. 준규가 수혁이 풀어놓은 허리띠를 보며 호기심 어린 눈빛으로 물었다.

"너 그거 권총이야? 실탄이 들어 있는 거니? 어디 좀 보자."

"야, 아서라. 위험해."

"수혁이 너 어릴 때부터 군인이 되어서 권총 차고 싶어 했잖아. 이야, 이제 꿈을 이뤘구나."

"맞아. 그리고 보니 어릴 때부터 내가 그랬지? 하하."

"그런데 휴가 나올 때 이런 것 갖고 나와도 돼?"

"요즘 제주도가 심상치 않다고 부대에서 휴대하고 가라고 했어. 집에서는 별일 아니라고 자꾸 그러는데… 도대체 어떻게 돌아가고 있는 거야? 요즘 제주도 상황이 그렇게 심각한 거야?"

"음…."

준규는 눈가를 일그러뜨리며 얼마 전의 일을 떠올렸다.


서청 단원들이 시장통을 거들먹거리며 돌아다녔다. 상인들은 그들과 눈이라도 마주칠까 봐 고개를 돌렸다. 그들이 한 어물전 앞에 멈춰 서더니 이승만의 사진이 담긴 액자와 태극기를 꺼내 아주머니 앞에 들이밀었다.

"이보라우, 우리가 빨갱이 잡겠다고 애국하러 이 남쪽 끝의 섬까지 온 거 아니오? 이거 얼마나 한다고 못 사겠다는 거요?"

"에구머니, 너무 비싸요. 우리가 그게 뭐가 필요 있겠어요?"

"필요 없다? 지금 태극기가 필요 없다고 했시오? 이 에미나이 사상이 아주 썩어 문드러빠졌구먼."

"사상이고 뭐고 우리는 그런 거 몰라요. 하루 벌어 하루 먹고살기 바쁜데."

"뭐라? 쌍! 뭐 이런 거지 같은 경우가 다 있어!"

"아니, 왜 욕을 하고 그래요?"

아주머니가 대들기 무섭게 서청 단원들이 매대에 놓인 해산물을 와락 뒤집고 짓밟았다. 그러고는 다짜고짜 아주머니의 멱살을 틀어쥐고 따귀를 후려치더니 내동댕이쳤다.

"왜들 이러시오?"

그들을 말리려 다가간 이웃 가게 영감에게도 사정없이 주먹을 날렸다. 시장 상인들은 무서워서 차마 다가가지도 못하고, 두들겨 맞는 영감의 모습을 볼 수도 없어 이리저리 고개를 돌렸다.

준규네 식당 바로 길 건너편의 이발소 아저씨도 비슷한 봉변을 당했다. 어느 날 우악스럽게 생긴 한 청년이 때 묻은 가운 차림의 오십 대 이발사의 머리채를 잡아끌고 나왔다. 이발사의 아내가 '에구머니나! 에구머니나!'를 연방 외치며 쫓아 나왔다. 중학생쯤 되어 보이는 아들이 곁에서 울고 있었다. 선글라스를 낀 사내가 팔짱을 낀 채 이 상황을 지켜보고 있었다.

"감찰부장님, 이놈입니다."

청년은 감찰부장이라는 사내 앞에 이발사의 무릎을 꿇렸다.

"당신, 김춘삼 알지?"

"모릅니다, 몰라요."

"자꾸 잡아떼면 당신 아들도 잡아가는 수가 있어."

이발사가 눈을 지그시 감더니 고개를 끄덕였다.

"그놈 아버지랑 나랑 소학교 동창에 사십 년 지기요. 그뿐이오!"

"춘삼이 그 새끼 남로당 빨갱이 수뇌부잖아! 당신이 그 새끼한 테 자금을 댔다는 얘기가 있어!"

이발사가 당치도 않다는 듯 크게 손을 내저었다.

"아이고, 자금을 대다니 이게 무슨 소리요? 걔 아버지에게 내가 돈 조금 빌려준 것밖에 없어요. 하도 급하다고 해서."

"이제 바로 실토를 하는구만. 그게 자금 댄 거지 뭐야? 빨갱이 애비에게 돈 주면 빨갱이고, 빨갱이 새끼 애비 친구면 그 친구도 빨갱이야. 이 새끼 일단 끌고 가!"

험악한 눈길로 주변을 으르던 청년 몇몇이 이발사를 질질 끌고 갔다. 아내와 아들이 울면서 달려들었다.

"아저씨들, 우리 아버지에게 왜 그래요?"

단원들이 아내를 밀어내더니 아들의 가슴팍을 주먹으로 후려쳤다. 아들이 숨을 헐떡이며 주저앉았다.

"아버지! 아버지…."

바닥에 주저앉은 채 하염없이 우는 아들을 지켜보던 준규의 몸이 부르르 떨렸다. 이럴 수는 없었다. 주먹 쥔 손이 새하얗게 질렸다. 옥희가 준규 곁으로 다가왔다.

"어머나, 이를 어째. 문 씨 아저씨랑 형주잖아. 세상에!"

감찰부장이라는 자가 힐끗 준규 쪽으로 고개를 돌렸다. 옥희를 발견한 그가 천천히 다가오더니 탐욕스러운 눈빛으로 위아래를 훑었다. 감찰부장의 뱀 같은 시선을 느낀 옥희가 얼른 식당 안으로 들어갔다. 감찰부장은 준규를 못마땅한 얼굴로 노려보며 바닥에 카악 침을 뱉었다. 준규도 돌아서서 미닫이문을 닫았다.

'악마같이 사악한 놈들!'

준규는 그날의 일을 떠올리며 가슴에 솟구치는 불덩이를 꾹꾹 눌렀다. 술을 한 잔 입에 털어 넣은 준규가 입을 열었다.

"수혁아, 지금 육지에서 들어온 서청 단원들 때문에 제주도가 무법천지야. 남로당원들 잡겠다며 멀쩡한 사람들을 때리고 잡아가고. 우라질 놈들!"

준규가 다시 잔에 막걸리를 채우더니 꿀꺽꿀꺽 들이켰다. 평소에 좀처럼 흥분한 모습을 보인 적 없는 준규인지라 수혁은 눈을 크게 떴다.

"천천히 마셔. 아니, 경찰은 그런 놈들 안 잡아가고 뭐 하는데?"

준규의 빈 잔에 술을 채우며 옥희가 끼어들었다.

"경찰? 경찰도 다 같은 패야. 서북청년회 뒤에 경찰이 있어. 그 사람들이 오히려 서청을 사주하는데 뭘."

"그럴 리가…."

수혁은 놀란 입을 다물 수 없었다. 어느새 준규의 눈가가 붉어져 있었다. 고개를 절레절레 흔들며 준규가 말을 이었다.

"춘삼이 형도 산으로 들어갔어. 경찰과 서청의 횡포로 산으로 올라간 주민이 점점 많아지고 있어. 살기 위해 가는 거야. 안 그럼 죽으니까, 살기 위해 도망가는 거라고."

준규가 내쉬는 한숨에 촉수 낮은 전등불이 흔들렸다. 춘삼이라는 말에 무언가 생각하던 수혁이 나직이 입을 열었다.

"춘삼이 형 얘기는 나도 들었어. 그런데 준규야, 너도 알다시피 춘삼이 형 원래 좀 사상이 이상하지 않았니? 전에도 입버릇처럼 미국을 몰아내야 한다고 다녔지. 요즘 시국에는 말과 행동을 조심하지 않으면 큰일 난다고. 육지도 지금 난리가 아냐. 빨갱이들이 뒤에서 파업을 조종하고 무조건 나랏일 반대하잖아. 준규, 너도 절대 빨갱이들과 어울리지 마."

"빨갱이라…."

준규가 기분 상한 듯 혼잣말로 중얼거렸다. 수혁이 다시 물었다.

"그럼 그 사람들이 빨갱이지 뭐야? 지난 봄에도 이북에 지령을 받아서 조직적으로 단독 선거도 반대했다면서?"

"단선에 반대한다고 다 빨갱이니? 대체 누가 지령을 내렸다는 거야?"

기분이 상한 듯 준규의 목소리가 조금 커졌다. 수혁이 잠시 살피는 눈길로 준규를 보더니 입을 다물었다. 준규도 말없이 다시 술을 들이켰다. 어색한 침묵이 흘렀다. 창밖으로 파도 소리만 아득하게 들렸다. 분위기를 바꾸려는 듯 옥희가 미소 지으며 말했다.

"자자, 오늘은 수혁이를 축하해주는 좋은 날이잖아. 무거운 얘기 그만하자."

수혁도 기분을 누그러뜨린 채 찌개에서 두툼한 문어 다리 하나를 집어 준규의 접시 위에 올려주었다.

"준규야, 지금 육지에서도 좌우로 나뉘어서 서로 싸우고 난리도 아니야. 이럴 때는 정말 조심해야 해. 특히 폭도들과는 절대로 연락하지 말아야 돼. 알았지?"

"경찰들이나 서청 단원들이 괴롭히지 않았다면 왜 멀쩡한 사람들이 산에 올라가겠니? 그분들은 폭도가 아니야."

"그래 알았다. 폭도든 뭐든 산에 올라간 사람들과는 연락하지 말라는 뜻이야. 나는 그저 너희들이 걱정돼서 그래."

옥희가 짧게 한숨을 내쉬더니 별수 없다는 듯이 입을 열었다.

"수혁아, 내 말이 섭섭하겠지만 네가 육지에 오래 있어서 이곳 사정을 잘 모를 수 있어. 준규 말대로 경찰과 서청 사람들의 만행이 끔찍할 정도야. 멀쩡한 사람을 때려죽이고 심지어 여자들을 납치하고 겁탈한다고."

"뭐?"

수혁은 놀라 자기 귀를 의심했다. 아무리 그래도 경찰과 청년단이 그렇게까지 할 리가 있나 싶었다. 수혁은 무언가 골똘히 생각하더니 복잡한 얼굴로 대답했다.

"그래, 알았어. 내가 좀 더 알아볼게."

수혁은 준규와 옥희에게 알 수 없는 벽 같은 것을 느꼈다. 처음으로 느껴보는 소외된 감정이었다.

"자, 수혁이가 더 알아본다고 했으니, 이제 그만하자. 우리가 이게 얼마 만이야."

옥희가 잔을 들었다. 준규도 기분이 다소 풀린 듯했다. 술이 몇 순배 더 돌아간 뒤 옥희가 준규에게 곁눈질했다. 이제 그만 머뭇 거리고 말하라는 표정이었다. 준규가 수혁의 얼굴을 조심스레 바라보며 입을 열었다.

"참, 수혁아. 나랑 옥희는 이제 좀 더 진지하게 서로를 생각하기로 했어."

수혁이 무슨 말이냐는 듯 준규를 쳐다보았다. 잠시 망설이던 준규가 옥희의 손을 잡고 탁자 위로 올렸다. 준규와 옥희의 손에 똑같은 옥빛 가락지가 끼워져 있었다. 옥희가 다소곳이 고개를 숙였다. 준규는 어딘가 허둥대는 목소리로 말했다.

"우리 이제 호, 혼례를 할까 해."

수혁은 얼굴에 일순 당황한 빛이 스쳤다. 그러나 곧 쾌활한 목소리로 받았다.

"오… 그래? 그렇게 되었구나. 만나는 건 편지로 알고 있었지만… 하하. 야, 축하한다."

"고맙다, 수혁아. 우리 지금 어머니 모시고 옥희랑 함께 작은 국밥집을 꾸리고 있어. 지금은 형편이 어렵지만 내년에는 정식으로 식을 올리려고 한다."

"아니, 이 친구들이 벌써 거기까지! 나 없는 사이에 정말 무슨 일이 있었던 거야? 하하."

술자리를 파할 무렵 수혁은 꽤 취해 있었다. 바다 위로 하얀 달빛이 출렁이는 밤이었다. 수혁과 준규는 어깨동무를 한 채 밤거리를 걸었다.

"얼마나 기쁜 날이냐! 나도 이제 새 조국의 장교가 되고. 너희들은 부부가 되고! 하하."

수혁은 술이 취한 채 고래고래 외쳐댔다.

"그래, 정말 기쁜 일이지. 고맙다."

취하기는 준규도 마찬가지였다. 저만치 앞서던 옥희가 얼른 지나가는 택시를 잡았다. 수혁은 근처에 들를 데가 있다며 준규와 옥희를 억지로 먼저 보냈다. 멀어지는 자동차 불빛을 보며 수혁은 이내 털썩 주저앉더니 한동안 소리 내어 흐느꼈다. 고요한 마을에는 파도가 부서지는 소리만 간간이 들렸다.


다음 날, 수혁은 느지막이 일어나 집을 나섰다. 제주가 무법천지라는, 간밤의 준규와 옥희의 말이 내내 마음에 걸렸다. 섬 사정도 살필 겸 경찰서장인 삼촌 갑룡을 만나러 나갈 참이었다. 윤 씨 부인은 집안일을 거드는 아낙들과 마당에서 채소를 다듬고 있었다.

"어머니, 저 외삼촌 만나러 다녀올게요."

"그래. 네 외삼촌이 직원들 앞에서 네 자랑하고 싶은 것 같더구나. 밥 맛있게 먹고 와. 엄마가 돈 좀 주랴?"

"아니에요. 저 돈 있어요. 월급 탄 거 그대로 있는데요, 뭐."

수혁은 대문을 나서다가 아버지의 운전사 황 씨와 마주쳤다. 무슨 급한 일이 있는지 허둥대던 황 씨는 수혁을 보자마자 다급한 얼굴로 말했다.

"수, 수혁아! 그… 장터거리에서 식당 하는 네 친구 있잖아? 준규인가?"

"네. 준규가 왜요?"

"지금 거기 식당에 난리가 났어!"

"…난리가 나다니요?"

"서청이 들이닥쳐서 다 뒤집어엎고 행패 부리고 있다고!"

수혁은 황 씨를 따라 승용차를 타고 준규의 식당으로 달려갔다. 식당 앞에는 이미 사람들이 몰려 있었다. 수혁은 두려운 표정으로 안을 들여다보고 있는 사람들 틈을 비집고 들어갔다.

식당에는 한바탕 소란이 벌어지고 있었다. 문짝은 부서진 채 떨어져 나갔고, 바닥에는 식기와 식재료가 어지럽게 뒹굴고 있었다. 낯선 사내 둘이서 준규에게 마구 발길질을 하고 있었다. 한 명은 선글라스를 코에 걸친 고약한 인상의 중년 남자였고, 또 한 명은 부하로 보이는 사납게 생긴 청년이었다. 준규 어머니와 옥희가 말리려 달려들었지만 소용없었다.

"이 새끼, 대갈빡을 바숴버려야 정신 차리지? 뭘 믿고 까부니?"

"나와 보라우. 그렇게 약하게 해서야 겁을 먹갔니? 내가 오늘 아주 목숨줄을 끊어주갔어.”

중년 남자가 품에서 말가죽으로 만든 회초리를 꺼냈다. 음흉한 웃음소리가 그의 입술에서 새어 나왔다. 회초리가 바람 소리를 내며 휙, 허공을 가르더니 고양이처럼 몸을 웅크린 준규의 몸을 휘감았다. 철썩! 살가죽 찢어지는 소리가 고막을 울려댔다. 준규는 신음 소리 하나 내지 않고 이를 악물고 버텼다.

“매질은 이렇게 하는 거이다. 어때? 잘 보고 배우라고. 이렇게!”

회초리가 다시 한번 허공을 가르려는데, 수혁이 와락 달려들어 사내의 팔목을 붙잡았다.

“멈추시오! 무슨 일이오? 왜 사람을 함부로 때린단 말이오?”

사내가 신경질적으로 고개를 홱 돌렸다. 선글라스를 껴서 눈은 보이지 않았지만, 귀가 뾰족하고 볼이 움푹 들어간 인상이었다. 수혁이 재차 따져 물었다.

“당신들, 누구요?”

사내는 군복 차림의 수혁을 보고 오히려 기세를 더 돋우었다.

“오, 육군 장교디요? 나 이 지역 서청 감찰부장입네다. 이 새끼래 밤에 산에 올라간 자들과 내통한 것을 본 사람이 있디요. 영락없는 빨갱이입네다.”

“뭐라고요?”

“워낙 수상해서 우리 애들이 며칠 전부터 이 근처에서 지켜보고 있었디요. 아니나 다를까, 밤에 산에서 내려온 폭도와 접촉하는 것을 목격했습네다."

눈가가 벌겋게 부어오른 준규가 두려움이 가득한 눈망울로 고개를 세차게 저었다. 갈라진 목소리로 준규가 외쳤다.

"아니야! 아니라고! 이 사람들이 길에서 옥희를 희롱했어. 내가 항의하니까 지금 트집을 잡는 거라고!"

준규의 절규에 억울함이 고스란히 묻어났다.

"뭐, 옥희를? 진짜야?"

가뜩이나 피투성이의 준규를 보고 흥분한 수혁은 옥희를 희롱했다는 말에 분노가 솟구쳤다. 수혁은 감찰부장이라는 자의 얼굴을 주먹으로 후려쳤다. 선글라스가 날아가면서 감찰부장이 바닥에 쓰러졌다. 또 다른 청년이 흠칫 놀라며 대항할 자세를 취하자 수혁은 권총을 뽑아서 겨누었다.

"나 육군 정보국의 현수혁 소위다. 누가 너희들 보고 무고한 민간인들을 괴롭히라고 했나?"

서슬 퍼런 수혁이의 모습에 두 사람은 적잖이 당황했다.

"아, 아니… 그게….."

"한 번만 더 여기에 얼씬거리면 그땐 내가 직접 쏴 죽이겠다."

몸을 털며 일어난 감찰부장은 곧 침착을 찾았다. 구경하던 시장 상인을 둘러보더니 체면이 상했는지 대들 듯 소리 질렀다.

"아니, 육군은 우리 청년단이 빨갱이 잡는 데 협조는 안 해주고 이럴 수가 있습네까?"

맞은 얼굴을 매만지며 몇 초간 수혁을 노려보던 감찰부장은 한 마디 더 내뱉고 돌아갔다.

"어디 두고 봅시다. 내 상부에 반드시 보고하겠소."

부하 청년도 머쓱한 얼굴로 주춤주춤 뒷걸음질쳤다. 정보국 장교의 위세가 통하는 눈치였다.

"아이고, 준규야! 내 새끼!"

"준규야, 괜찮아?"

준규 어머니와 옥희는 준규를 감싸안으며 어쩔 줄 몰라 했다. 준규는 괴로운 듯 고개를 숙인 채 주저앉아 숨만 헐떡거렸다. 수혁은 준규의 윗옷을 걷어 몸의 상처를 살폈다. 발길질과 매질에 피부가 온통 부어오르고 피가 터져 있었다. 수혁이 걱정스러운 눈빛으로 말했다.

"나랑 병원에 가보자."

준규는 쓰읍, 숨을 삼키며 고개를 저었다.

"아니야. 어디 부러진 데는 없는 것 같으니 그냥 약 바르고 찜질 좀 하면 돼. 나 좀 일으켜줘."

수혁과 옥희가 준규를 부축해 주방에 딸린 곁방에 뉘었다. 수혁은 밖에서 기다리던 황 씨와 함께 어지럽게 흩어진 물건을 정리하고 떨어진 문짝도 대충이나마 고쳐 달았다. 옥희는 장사를 쉬기로 하고 식당 문을 닫았다. 늦은 아침의 햇살이 식당 안으로 힘없이 떨어지고 있었다.

"옥희야, 혹시 급한 일 생기면 바로 우리 집으로 전갈을 줘."

수혁은 긴 한숨을 내쉬며 식당 문을 나섰다.

# 10

# 다 빨갱이들이야!

차창 밖으로 아름다운 제주도의 풍경들이 펼쳐졌다. 멀리 농장에서 한가로이 꼬리를 흔드는 조랑말의 모습이 보였다. 이토록 평화로운데, 이토록 정겨운 제주인데…. 들녘의 풋풋한 흙냄새가 가볍게 바람을 타고 택시 안으로 들어왔다. 수혁은 수다스러운 황씨를 먼저 보내고 택시를 탔다. 잠시라도 혼자만의 시간을 갖고 싶었다. 밭에서 일하는 농민들의 모습을 보고 있노라니 조금 전의 소란이 꿈처럼 느껴졌다.

'저 소박하고 착하기만 한 사람들을 왜….'

소문으로만 듣던 서청 단원들의 만행은 상상 이상이었다.

'이 자가 밤에 산사람과 내통한 것을 본 사람이 있디요.'

한편으론 아까 그 중년 남자가 자신 있게 내뱉던 말도 마음에 걸렸다. 준규가 혹시? 에이, 설마 그럴 리가…. 혹시와 설마가 수혁의 마음속에서 줄다리기를 하는 사이, 택시는 시내의 한 낡은 경찰서 건물 앞에 멈췄다.

"이쪽으로 오십시오."

정문에서 입초를 서던 순경에게 서장의 조카라고 밝히자 곧 직원이 뛰어 내려왔다. 널찍한 서장실에 갑룡 혼자서 책상에 앉아 두툼한 서류를 뒤척이고 있었다. 수혁이 반쯤 열린 문을 톡톡 두드리며 말했다.

"삼촌, 저 왔어요."

갑룡이 반가운 얼굴로 자리에서 일어났다.

"아, 수혁아. 어서 오너라."

"예. 오다가 일이 좀 생겨서 늦었어요."

수혁은 조금 전 겪은 일을 말하려다가 입을 다물었다. 서청의 배후에는 경찰이 있다는 옥희의 말이 머리를 스쳤기 때문이다.

"이리 와 앉거라."

갑룡은 응접 테이블로 자리를 옮겨 앉으며 수혁에게도 앞자리를 권했다. 수혁이 앉자 갑룡은 골치 아프다는 듯한 얼굴로 긴 한숨을 내뱉었다.

"지금 우리 제주도가 난리도 아니다. 빨갱이들이 그렇게 극성이구나."

수혁이 진지한 얼굴로 물었다.

"삼촌, 지금 무슨 일이 벌어지고 있는 건가요? 주민들이 들고일어났다는 말도 있는데."

"이건 단순한 소요가 아냐. 남로당 애들이 이북 지령을 받고 인민 혁명을 꾀하는 거라고. 무장한 놈들이 산으로 들어가서 게릴라 전술을 펼치니 우리도 속수무책이야."

갑룡이 다시금 긴 숨을 토해내며 한 손으로 관자놀이를 문질렀다.

'인민 혁명.'

수혁의 가슴이 철렁 내려앉았다. 준규와 옥희는 선량한 주민들이 산에 들어간 것이라고 했는데, 삼촌은 인민 혁명이라고 말하고 있었다. 어떻게 생각이 이렇게 다를 수 있는지, 어떤 말이 맞는 건지, 수혁은 혼란스럽기만 했다.

"정말 산으로 올라간 사람들은 다 무장대인가요? 선량한 사람들도 있을 수 있잖아요."

"산으로 올라갔다면 결국은 무장대가 되는 거다. 경찰을 습격하고 주민들의 식량을 뜯어내게 되는 거야. 너도 알다시피, 남한 단독 정부가 수립되었잖니. 이승만 각하께서 대통령이 되셨는데 아직도 빨갱이들이 설치고 다닌다니 말이 되겠니? 어떻게 찾은 나라인데 빨갱이들이 점령하게 놔둘 수는 없지. 빨갱이들은 씨를 말려야 해. 제주도에서 최대의 토벌전이 있을 거라는 얘기도 나오고 있어.”

제주가 빨간 섬으로 낙인찍혀 있다는 것은, 수혁도 어느 정도 알고 있는 내용이었다. 상부에서는 외부 세력이 제주도를 빨갛게 물들였다고 했다. 그게 현실적으로 가능한 일이기나 한 건지, 수혁은 가늠조차도 되지 않았다. 평화롭던 제주가 이렇게 갈라져 서로를 미워하게 되었다는 사실만이 가슴 미어지도록 아플 뿐이었다.

“삼촌. 그런데… 정말 평화롭게 해결할 수는 없는 건가요?”

뜻밖에 갑룡은 단호하게 고개를 저었다.

“빨갱이들과 평화 회담을 하겠다고 설치던 자가 있긴 했지. 결국 결과가 어땠는지 아니? 무장대들이 앞에서는 평화적으로 해결하자고 해놓고 뒤로는 오라리(현재의 제주도 오라동)에 불을 질렀다. 뒤통수를 맞은 거지. 그게 빨갱이들 속셈이야. 그 새끼들이 얼마나 치밀하고 교활한데 그따위 낭만적인 방법으로 해결될 수 있을 것 같아? 정신이 제대로 박힌 미군 장관이 그 연대장을 짤라서 그나마 다행이지.”

한참 목소리를 높이던 갑룡은 손목시계를 보았다. 시간은 어느덧 정오를 향해가고 있었다. 갑룡이 자리에서 일어나며 외투를 걸쳤다.

“골치 아픈 얘기는 그만하고 점심이나 먹으러 가자. 요 앞에 도가니탕 아주 맛있는 집이 있어.”

자리에서 일어나는데, 벽에 붙어 있는 흰 차트가 수혁의 눈에 들어왔다. 반듯하게 그려진 조직도 밑에 인물 사진이 덕지덕지 붙어 있었다. 맨 위에 큼직한 글씨로 남로당 제주도당이라고 쓰여 있었다. 수혁이 다가가 쓰윽 훑어봤다. 낯익은 청년의 사진이 눈에 띄었다.

"어?"

두꺼운 안경을 쓴 인텔리 풍의 얼굴, 사진 속의 인물은 분명히 춘삼이었다. 사진 밑에 남로당 부위원장이라는 글씨가 선명했다.

'추, 춘삼이 형이?'

수혁의 심장이 세차게 쿵쾅거렸다. 수혁의 마음을 읽기라도 한 듯 갑룡이 다가와 춘삼의 사진을 손가락으로 툭툭 치며 말했다.

"맞아, 그놈이야. 김 씨 아들. 매형께서 너 신경 쓸까 봐 얘기 안 했나 보구나. 경성제대씩이나 나온 놈이 굳이 고향으로 내려와 야학이다 뭐다 설칠 때부터 알아봤지. 우리가 일찌감치 내사를 진행하고 있었거든. 북쪽과 여러 번 접선한 거물급이야. 이놈이 지금 입산해서 무장 유격대를 사실상 이끌고 있어."

수혁은 서울로 올라가기 전 부둣가 술집에서 만났던 춘삼의 얼굴을 떠올렸다. 겉으로는 반가운 척했지만 무언가 숨기는 듯한 깊은 눈동자를.

"자자, 가자구."

갑룡이 문을 열고 복도로 나갔다. 수혁도 뒤를 따라 걸었다. 낡고 허름한 건물 지하실 쪽에서 "으아악!" 고통에 겨운 비명이 들렸다. 고문하는 소리 같았다. 수혁의 마음이 바위에 짓눌린 듯이 무거워졌다.

갑룡과 수혁은 현관을 나섰다. 정문에서 경찰 간부 한 명이 농민 차림의 남녀들을 앞세우고 들어오고 있었다. 경찰 간부는 갑룡을 보자마자 철썩 경례를 올려붙이더니 입을 열었다.

"서장님, 어디 가십네까?"

"어이, 박 경감. 나 식사 좀 하려고. 그런데 누구?"

갑룡이 행색이 초라한 농민들을 눈짓했다. 수혁이 보기에도 영락없이 순박한 시골의 촌민들이었다. 박 경감은 어깨가 넓고 작달막했지만, 눈빛은 매서워 보이는 삼십 대의 사내였다. 말투로 보아 이북에서 내려온 사람 같았다. 박 경감은 농민들을 경멸하듯 째려보며 말했다.

"네, 제가 가가호호 수색을 하는데 이 간나들 집에서 도민들을 선동하는 삐라가 발견되었습네다."

"뭐야?"

그때 육십 줄은 돼 보이는 늙수그레한 농민 한 사람이 놀란 눈으로 두 손을 저으며 말했다.

"선동이라니요? 아휴, 저희는 아무것도 몰라요! 그냥 산속에 우수수 떨어져 있길래 주워온 것뿐이에요."

박 경감이 대뜸 그 남자의 뺨을 후려쳤다.

"우리가 머저리인 줄 아네? 그럼 왜 안 버리고 집에 보관하네?

이거 다시 뿌리려고 한 거 내가 모를 줄 아니!"

뺨을 맞은 남자는 아픈 듯 볼을 어루만지면 울상인 채 말했다.

"뒷간에 갈 때나 불을 땔 때 쓰려고 한 겁니다요. 요즘 물자가 얼마나 귀한가요?"

"간나 새끼, 기래 말이 된다고 생각하니?"

박 경감이 눈을 부라리며 후려칠 듯한 자세로 다시 주먹을 들었다. 보다 못한 수혁이 나섰다.

"그만하시죠. 우선 조사를 해보시고 잘못한 점이 있으면 그때 합당한 처벌을 하면 될 것 아닙니까."

불쑥 끼어든 수혁을 박 경감이 못마땅한 눈으로 쳐다보았다. 갑룡이 너그러운 말투로 박 경감을 달랬다.

"하여튼, 빨갱이가 없는 집구석이 없다니까. 이봐! 이놈들 일단 유치장에 처넣어. 자, 그만하고 박 경감 너 아직 점심 안 먹었지? 잘 됐다. 우리랑 같이 가자."

순경들이 농민들을 거칠게 끌고 갔다. 갑룡은 묵묵히 지켜보다가 박 경감의 팔을 툭 치며 수혁을 자랑스럽게 소개했다.

"여기 내 조카야. 육군본부 현수혁 소위. 서울에서 잠시 휴가차 내려왔다네."

그제야 박 경감의 실쭉한 눈길이 조금 풀어졌다.

"아 네. 반갑습네다. 저 박두칠 경감입네다."

수혁이 먼저 악수를 청했다. 박 경감이 꾸벅 고개를 숙이며 손을 내밀었다. 세파를 많이 겪은 듯 두툼하고도 거친 손이 수혁의 손을 한번 꽉 쥐었다. 갑룡이 호탕하게 웃으며 수혁을 바라보았다.

"이번에 육지에서 파견 나온 경찰인데 아주 성실해. 역시 빨갱이들에게 쫓겨온 이북 출신들이 물불 안 가리고 일을 똑 부러지게 한다니까. 악에 받쳤거든."

박 경감은 큰 칭찬을 들은 듯 으스대며 걸음을 옮겼다. 수혁은 고개를 주억거리면서도 아무 말 없이 바닥만 내려다보았다. 박 경감은 준규를 때리던 감찰부장이라는 자와 어딘가 닮아 있었다. 아까 박 경감에게 얻어맞던 농민의 순박한 눈망울이 떠올랐다.

세 사람은 경찰서 앞 골목의 도가니탕집에 자리 잡았다. 갑룡은 맛이 일품이라고 침을 튀겼지만 수혁은 억지로 밥술을 떴을 뿐 내내 입맛이 없었다. 박 경감도 게걸스럽게 밥그릇을 비웠다. 반주를 곁들인 자리는 무장대 토벌에 관한 갑룡과 박 경감의 열띤 논의로 끝났다. 수혁은 먹는 둥 마는 둥 적당히 식사를 때우고 집으로 돌아왔다. 박 경감의 이북 사투리도 거북했고, 그런 박 경감을 흐뭇한 눈빛으로 쳐다보는 삼촌 갑룡도 낯설고 불편했다. 소작인 김 씨의 아들 춘삼이 무장 투쟁의 지도자라는 사실도 수혁에게는 충격으로 다가왔다.

'내가 그동안 고향 사정에 너무 어두웠던가?'

수혁은 며칠간 울적한 기분으로 보냈다.

서청 단원들이 곳곳에서 횡포를 일삼았지만 지역 유지인데다 경찰 간부가 친척으로 있는 수혁의 가족에게는 함부로 하지 않았다. 오히려 현치호는 갑룡의 권유로 서청에 트럭 한 대를 내주었고 활동비 명목으로 몇 번 돈을 기탁하기도 했다. 서청의 행태가 마음에 들어서는 아니었다. 그러나 지금은 이편 아니면 저편이었다. 현치호는 일단 몸을 사리며 사태를 지켜보기로 했다.

수혁은 서청 단원들의 만행을 들으며 무력감을 느꼈다. 일개 초급 장교인 수혁이 고향에서 할 수 있는 일은 아무것도 없었다. 다만 현치호의 체면을 생각했는지 수혁이 있는 동안 서청 단원들도 마을에 딱히 모습을 드러내지 않았고 수혁도 되도록 눈을 감고 귀를 막았다. 옥희가 준규의 여인이 되었다는 상실감 또한 수혁을 휴가 기간 내내 쓸쓸한 내면으로 침잠하게 했다.

서울로 떠나는 날 아침, 수혁은 큰절을 올리고 부모님과 형에게 신신당부를 했다.

"어지러운 세상입니다. 그저 이럴 땐 납작 엎드려 있어야 합니다. 특히 산사람들과는 절대로 연락해선 안 됩니다."

현치호는 가만히 고개를 끄덕였다.

"일제 삼십오 년을 겪은 이 애비다. 너무 걱정하지 말거라."

윤 씨 부인이 근심 섞인 눈빛으로 수혁의 손을 잡으며 말했다.

"우리야 뭐 별일 있겠니. 여기 일은 신경 쓰지 말고 너나 몸 잘 챙겨. 육지도 여간 시끄러운 게 아니라면서."

수혁은 잠시 주저하는 빛을 띠더니 입을 열었다.

"어머니. 준규랑 옥희네 식당에도 가끔 들르고 잘 살펴주세요."

윤 씨가 알겠다는 듯 현치호를 돌아보며 빙긋이 웃었다.

"수혁이 친구 있잖아요? 장터거리에서 장사하는 애들. 준규랑 옥희라고."

현치호는 큼큼 헛기침을 하며 대충 얼버무렸다.

"당신이 한 번씩 들러보구라."

우혁도 수혁의 팔을 다정하게 토닥이며 말했다.

"현수혁 소위, 가족들 걱정일랑 말고 아무쪼록 군 생활 잘해. 친구들 걱정도 마. 나도 살펴볼게. 너희들이 어디 보통 사이냐?"

"고마워 형."

수혁의 얼굴에 안도감이 번졌다. 제주항까지 나오겠다는 것을 수혁이 만류했다.

"이제 그만 들어가 보세요. 저도 친구들 잠깐 보고 갈게요."

수혁은 아쉬워하는 가족들에게 씩씩하게 거수경례를 올리고 돌아섰다. 큰길로 나서면서 수혁은 한 번 더 집 쪽을 돌아봤다. 모두 돌아가지 않고 나란히 서서 손을 흔들고 있었다. 한 장의 그림 같은 풍경이었다. 햇살이 떨어지는 정든 기와집, 곁으로 늘어선 납작한 초가집과 돌담들, 푸르게 펼쳐진 하늘과 한가로이 움직이는 뭉게구름 그리고, 사랑하는 가족들… 비현실적으로 아름다웠다. 어디선가 바람이 불어와 수혁의 머리카락을 가만히 쓰다듬었다. 누군가 어깨를 도닥이며 얼른 떠나라 재촉하는 듯 수혁은 괜스레 고개를 주억거리며 발걸음을 돌렸다. 이날의 이 풍경을, 이 그림처럼 아름다운 장면을, 평생 잊지 못하게 될 것이라는 사실을 꿈에도 알지 못한 채.

터벅터벅 걸으며 마을 어귀를 지나는데 감나무 돌담 집에서 누군가 나오더니 수혁을 조용히 불렀다.

"현수혁!"

"어? 말숙아."

우혁과 사귀고 있는 말숙이었다. 수혁이 오늘 뭍으로 떠난다는 것을 미리 알고 나와 기다린 눈치였다. 어릴 때는 곧잘 어울려 놀았지만 훌쩍 자란 지금은 조금 데면데면한 사이였다. 말숙이 수혁 앞으로 곱게 묶인 작은 보퉁이를 내밀었다.

"이게 뭐야?"

"엿이랑 찹쌀떡, 간식거리야. 배에서 시장할 때 먹어."

수혁이 히죽이며 장난스럽게 말했다.

"어쭈, 김말숙. 미래의 시동생 미리 챙기는 거야?"

수혁의 말에 말숙의 얼굴이 귀까지 빨개졌다. 고개를 살짝 숙인 말숙이 우물거리며 말했다.

"현수혁, 미안해. 내가 너 밥이라도 한 끼 사야 하는 건데…."

"아냐, 밥은 먹은 셈 칠게. 말이라도 고마워."

말숙이 머뭇거리더니 다시 말을 이었다.

"저, 저… 우혁이 오빠가 올해 안에는 부모님께 우리 결혼하는 거 말씀드린대. 너 우리 많이 도와줘야 해. 알았지?"

수혁이 잠깐 놀란 표정을 짓더니 입가에 미소를 담으며 대답했다.

"그랬구나, 잘됐다. 정말 잘되었어."

말숙의 얼굴이 아침 햇살 속에 더욱 발그레해졌다.

"수혁아, 정말 고마워. 나 그럼 들어가볼게. 건강 잘 챙기고."

말숙이 수줍게 손을 흔들고는 대문 안으로 뛰어 들어갔다. 돌담 옆 감나무에 주황빛 단감이 통통하게 익어가고 있었다.

수혁은 장터거리 국밥집에 들렀다. 준규는 어디로 갔는지 안 보이고 옥희 혼자 야채를 다듬고 있었다. 방금 뽑아 올린 채소보다 더 싱그러운 표정으로 옥희가 수혁을 돌아보았다. 수혁은 쑥스럽게 웃으며 악수를 청했다. 옥희가 차갑게 젖은 손을 내밀었다.

"옥희야. 나는 네가 제일 걱정이다. 몸조심해. 행여 무슨 일 있으면 바로 우리 집에 알리고. 알았지? 나는 네가 잘못되면 못 산다, 못 살아."

수혁이 장난스러운 말투로 키득거리며 말하자 옥희도 싱긋 웃었다.

"고마워 수혁아. 정말이야, 고마워."

차디찬 옥희의 손이 수혁의 손안에서 점점 따뜻해지고 있었다. 굳게 닫혀 있던 수혁의 마음에도 점점 온기가 퍼지는 듯했다.

"옥희야…."

수혁이 무슨 말을 더 할 듯 입술을 달싹였다.

"내가, 내가 더 근사해져서 돌아올게."

옥희는 괜스레 코끝이 찡해졌다. 그러나 울 수는 없었다. 마침 준규가 식당 문을 열고 들어왔다.

"현수혁! 하마터면 못 보고 갈 뻔했네."

수혁은 그제야 옥희의 손을 놓고 준규를 얼싸안았다. 내 오랜 친구. 어린 시절부터 쌓아온 견고한 우정이었다. 수혁이 준규의 등을 가만히 쓸었다. 셋은 다시 한번 밝은 표정으로 서로를 바라보며 손을 굳게 맞잡았다.

# 11

# 준규가 사라졌다

수혁을 배웅하고 준규는 밀린 외상값을 받기 위해 황 영감을 만나러 나섰다. 건축 기술자였던 황 영감은 장터거리의 작은 공사를 맡았는데 일꾼들의 식사를 준규네 식당에서 해결하고 있었다.

황 영감의 사무실은 길가의 2층짜리 목조 건물이었다. 준규가 사무실에 가까이 가보니 요란한 소리가 나고 있었다. 해진 군복을 입은 청년 서넛이 욕지거리를 내뱉으며 황 영감을 마구 때리고 있었다. 눈에 익은 서청 단원들이었다.

"어이쿠, 나 죽네. 나 죽어!"

육십이 넘은 황 영감은 아무런 저항도 못하고 두들겨 맞고 있었다.

'아니, 저놈들이!'

직원들 서넛과 주변 사람들이 그 난장판을 지켜보고 있었다. 다들 겁에 질려 말릴 엄두를 내지 못했다. 준규는 얼마 전 서청 단원들에게 매를 맞던 일이 생각나 저도 모르게 주먹을 쥐었다. 황 영감의 이마에 굵은 핏줄기가 흐르고 있었다. 우두머리로 보이는 누군가가 축 늘어진 황 영감의 머리채를 붙잡아 올리며 다그쳤다. 준규는 떨리는 몸으로 그를 노려보았다. 준규를 구타했던 바로 그 감찰부장이라는 자였다.

"당신 아들 황화섭이, 이 새끼 어딨어?"

화섭…! 준규는 춘삼과 어울리던 우직하고 덩치 큰 청년을 떠올렸다. 춘삼과 함께 야학을 이끌던 이였다. 춘삼의 말이라면 목숨처럼 따르던 충직한 사내였다. 그런데 왜?

"모른다. 그놈 집 나간 지 오, 오래다."

황 영감이 피투성이 얼굴로 더듬거리며 대답했다. 감찰부장은 뱀 같은 싸늘한 눈으로 쏘아보며 호통을 쳤다.

"그 자식이, 지금 산에 올라가서 폭도들 이끌고 있다."

"나, 나는 그놈 하는 일 모르오."

"당신 아들이 남로당 빨갱이 따라다니는 거 다 알고 있었디? 아들이 그런 죄인이면 우리 청년단에 기부금 좀 낼 것인지 뭔 말이 그리 많아?"

평소 괄괄한 성격의 황 영감이 악다구니를 내질렀다.

"이놈들아. 지금 직원들 월급 주기도 벅찬데 그 큰돈이 어디서 나와?"

"빨갱이 새끼 애비 주제에 어디 아가리를 함부로 놀리니? 니 아들 새끼 같은 빨갱이들 때문에 우리가 이 고생하는 거 아니갔어?"

"이 숭악한 놈들아! 설령 돈이 넘쳐나도 네놈들에게 줄 돈은 한 푼도 없…."

황 영감이 말을 맺기도 전에 감찰부장이 주먹으로 입가를 후려 쳤다. 황 영감은 입에서 피를 토하더니 이빨을 두 개나 뱉어냈다.

"야, 이 영감탱이 끌고 가라우. 아직도 정신 못 차렸어. 오늘 제대로 몽둥이찜질을 해서 아예 병신 만들어 버리라우."

감찰부장의 말이 끝나자마자 청년들이 우루루 달려들어 황 영감을 질질 끌고 갔다.

"이놈들아! 네놈들은 애비도 없냐?"

황 영감이 악에 받쳐 소리를 질렀다. 보다 못해 나이 지긋한 직원이 나서서 말렸지만 곧 청년들의 주먹과 발길질 세례에 비명을 지르며 쓰러졌다. 감찰부장은 주변을 위협적으로 훑다가 자신을 노려보는 준규와 눈이 마주쳤다. 눈 한 번 깜빡하지 않고 준규가 핏발 선 눈으로 그를 노려보았다. 감찰부장이 그런 준규를 비웃듯 위아래로 훑어보았다.

"기대하라우. 다음엔 네놈 차례니."

준규는 온몸에 소름이 돋는 것을 느꼈다. 지난번 일로 감찰부장은 준규를 단단히 벼르고 있었다. 준규와 수혁의 관계 때문에 아직 손을 못 대고 있는 것뿐이었다. 수혁의 집안에 대해서는 서청 단원들도 익히 알고 있었다. 그러나 경찰 간부로 특채되기 전까지 귀찮은 일을 만들지 않으려는 것뿐, 시장통 장사꾼 하나쯤이야 언제든지 내킬 때 처단할 수 있었다. 빨갱이다, 그 말 한마디면 어떤 짓을 저질러도 되는 날들이었다.

준규는 한동안 두 주먹을 불끈 쥐고 그 자리에서 몸을 떨었다. 거리에 뒹구는 가을 잎들처럼 모든 구경꾼이 쓸쓸히 흩어진 뒤에도, 준규는 그 자리에 우두커니 서 있었다. 어떤 사람들은 어둠이 깔린 뒤에도 준규가 서 있었다고 했고, 또 어떤 이들은 준규의 앙다문 입술 사이에 피가 맺혀 있었다고도 했다. 준규가 우두커니 선 채로 소리도 없이 울고 있었다고 하는 이들도 있었다. 이런저런 괴기한 소문만을 남긴 채, 그날 이후 준규는 종적을 감추었다.


준규가 사라졌다. 홀어머니와 함께 마을에서 감쪽같이 사라졌다. 국밥집은 문을 닫았고 옥희는 홀로 남겨졌다. 사람들은 춘삼이가 결국 순박한 준규를 꼬드겨 산으로 데리고 갔다며 수군거렸다.

"안 그래도 춘삼이가 준규네 식당을 몰래 들락날락거린다고 하더니만 결국 준규를 꾀어낸 것 같아."

"아무리 그래도 꽃 같은 제 각시를 남겨두고 어떻게 혼자서만 입산할 수 있지?"

얼마 안 가 옥희도 어디론가 몸을 숨겼다. 경찰과 청년단원들이 눈에 불을 켜고 이들을 찾으러 다닌다는 소문이 파다했다. 소식을 들은 우혁도 준규의 행방을 수소문했지만 별다른 소득이 없었다.

"준규, 그 친구 아마 산으로 갔을 거요. 그래 보여도 독립군 아들 아니오? 정의감 넘치는 녀석이 이런 세상에 어찌 맨정신으로 버틸 수 있었겠소?"

우혁이 찾아간 기름집 효돌이가 내뱉은 말이었다. 준규와 알고 지내던 효돌이도 얼마 전 서청 단원에게 맞아 갈비뼈가 부러져 가슴에 붕대를 감고 있었다.

"설마 준규까지."

우혁이 신음처럼 중얼거렸다. 준규를 잘 보살펴 달라는 수혁의 말을 떠올리며 씁쓸하게 한라산을 바라보았다.


어둑어둑 밤이 짙어가는 한 부락, 박 경감은 폭도들이 나타났다는 신고를 받고 출동하여 순찰을 돌았다. 정작 폭도들은 흔적도 없었다.

"간나 새끼들, 고새 깡그리 도망갔네."

박 경감이 얼굴을 찌푸렸다. 혹시나 하는 마음에 구석구석 살펴보던 박 경감이 부하들을 이끌고 막 경찰서로 돌아가려는 순간이었다.

탕! 총소리가 들렸다. 놀라 서로 얼굴을 쳐다보는 순간 어디선가 총알이 빗발치듯 쏟아졌다. 타타타탕!

"으악!"

박 경감은 몸을 피하기도 전에 가슴에 총을 맞고 쓰러졌다. 일행들도 하나둘 고꾸라졌다.

"무장대다! 흩어져!"

한바탕 아우성이 벌어지고 곧 경찰들은 흩어져 대응 사격을 시작했으나 총알이 어디에서 날아드는 것인지 알 수 없었다.

"오마니…."

박 경감은 가슴에 흐르는 시뻘건 피를 손으로 막다가 눈을 뜬 채로 숨을 거두었다.

다음 날, 경찰서 마당에 가마니로 덮인 경찰과 서청 단원들의 시체가 놓여 있었다. 신문 기자들이 서성이며 취재 수첩에 무언가를 적었다. 사진기자 한 명이 부지런히 플래시를 터뜨렸다. 갑룡이 다가와 말없이 서 있다가 곁에 있던 경찰들을 돌아보며 말했다.

"가족들에게는 연락했나?"

"지금 알아보는 중입니다."

경찰 간부 한 명이 못마땅한 얼굴로 기자들 들으라는 듯 큰소리를 냈다.

"이 잔인한 폭도 새끼들 씨를 말려 버려야 합니다. 우리 신문 기자님들도 정신 차려야 해요. 맨날 폭도들 옹호하는 기사만 쓰니 이런 일들이 벌어지는 거 아닙니까!"

흠흠, 기자 한 명이 헛기침을 하며 불쾌한 얼굴로 자리를 떴다. 마른 손바닥으로 얼굴을 마구 문지르던 갑룡은 붉게 달아오른 얼굴로 달다 쓰다 말도 없이 쭈그리고 앉아 박 경감을 덮은 가마니만 내려다보았다.

"이북에서 내려와 갖은 고생 다 하고 여기까지 왔는데. 참 성실하고 아까운 놈인데…."

갑룡은 그렇게 읊조리더니 쯧, 혀를 차고 자리에서 일어섰다. 서장실로 돌아온 갑룡이 전 간부를 소집했다.

"당하고만 있을 거야? 저 새끼들이 산속에서 건재한 것은 협조자가 있어서야. 가용 가능한 모든 병력을 동원해서 다 뒤져. 수상한 놈들 모조리 잡아넣어! 청년단에도 연락해서 단장이랑 간부들 싹 다 들어오라고 해!"

"넵!"

갑룡의 호통에 경찰 간부들이 굳은 얼굴로 자리를 박차고 일어났다. 잠시 뒤 청년단 간부들이 갑룡 앞에 도열했다. 그중에는 감찰부장도 있었다.

"당신들 도대체 뭐 하는 사람들이야? 섬에 관광 왔어?"

갑룡이 주먹으로 책상을 소리 나게 후려쳤다. 갑룡은 이번 사태가 잘 마무리되면 단원들을 대거 경찰로 특채하겠다고 공언한 터였다. 청년단원들이 어쩔 줄 몰라 하며 고개를 조아렸다.

경찰과 군인까지 합세한 군경 합동 토벌대와 서청 단원들이 마을마다 돌아다니며 대대적인 수색에 나섰다. 이들이 부락에 나타나면 모두 겁에 질려 문부터 잠갔다.

"이 동네가 제일 수상한 빨갱이 소굴이야. 모조리 뒤져! 의심 가는 게 바늘만큼이라도 있으면 모두 연행해."

"네!"

한 무리의 토벌대가 입산자가 많은 마을에 들이닥쳤다. 마당이 훤히 들여다보이는 돌담집 툇마루에 할아버지, 할머니, 며느리와 꼬마 아이 둘이 한 상에서 밥을 먹는 중이었다. 가족들은 밥숟가락을 놓고 벌벌 떨며 불한당들을 쳐다봤다. 청년 하나가 달려들어 밥상을 냅다 발로 걷어찼다.

"네 남편 고수철이지?"

"마, 맞아요."

"쌍! 네 서방 어디 갔어?"

"모, 몰라요."

며느리가 와들와들 떨었다. 다른 청년들이 며느리를 거칠게 붙잡고 끌고 나갔다. 노부부가 남자들에게 소리치며 달려들었다.

"이놈들아, 우리 며느리가 무슨 잘못이 있어? 차라리 나를 끌고 가라!"

"이 폭도 애비 놈이 뭔 잔말이 이리 많아?"

눈이 뒤집힌 서청 단원 한 명이 노인들에게 죽창을 휘둘렀다. 두 노인이 곧 피투성이가 된 채 숨을 거두었다. 꼬마 아이들이 바닥에 주저앉아 울음을 터뜨렸다. 며느리는 으슥한 수풀 속으로 끌려갔다. 곧 총소리가 함께 여자의 외마디 비명소리가 들렸다.

"이 동네가 완전히 폭도들 소굴이디. 날래 싹 다 불로 꼬실려 버리라우."

토벌대는 입산자가 있는 초가집마다 돌아다니며 불을 질렀다. 불길이 날개를 펼치듯 솟아오르자 사람들이 절규하며 뛰쳐나왔다. 마을 주민들은 불타는 집을 지켜보며 피눈물을 흘렸다.

깊은 밤, 우혁은 자신의 집 뒤 느티나무 아래서 말숙이와 만나고 있었다. 말숙이의 얼굴은 겁에 잔뜩 질려 있었다.

"내 친구 순자 아버지도 끌려가서 대살당했대. 순자 삼촌이 산에 올라갔나 봐. 남은 가족들이 무슨 죄야? 오빠, 나 정말 무서워."

"괜찮아. 우리 동네는 별일 없을 거야. 내가 아버지랑 외삼촌에게 말해놨어. 너네 집은 안전할 거야."

말숙은 떨리는 눈빛으로 말을 이었다.

"춘삼이 오빠가 무장대 지도자라는 소문이 쫙 퍼졌어. 준규도 따라갔다는데…."

"글쎄다. 그 순하고 착한 애가."

우혁은 말숙의 손을 잡으며 한숨만 내쉬었다.

군경 합동 토벌대의 소탕 작전은 멈추지 않았고 이에 맞선 무장

대의 응전도 계속되었다. 새로 부임한 연대장은 이른바 초토화 작전을 실시하며 더욱 강경하게 나왔다. 해안선으로부터 5킬로미터를 넘어서는 지역의 통행금지를 선포했고, 이 지역에서 발견될 시 이유를 묻지 않고 폭도로 간주하고 총살에 처할 것이라는 포고문이 발표되었다. 순식간에 중산간 지역의 마을들이 불태워졌다. 수많은 사람들이 살 곳을 잃었다. 제주 해안이 봉쇄되었고 계엄령이 선포되었다.

진눈깨비 질금거리던 어느 날 오후, 한 무리의 군인들이 수혁의 마을에 들이닥쳤다. 며칠 전 그 근방에서 무장대의 기습에 몇몇 군인들이 희생된 까닭이었다. 군인들의 눈에는 핏발이 서 있었다.

# 12

# 숨죽여 우는 밤

군인들은 마을 주민 수백 명을 가까운 국민학교 운동장에 모이게 했다.

"어서 서두르시오. 마을에 남아 있으면 모조리 폭도로 간주하겠소."

주민들은 군인들의 엄포에 삼삼오오 운동장을 향해 발길을 돌렸다. 밥을 짓다가 아기를 업고 온 아낙네도 있고, 공부하다 뛰어나온 중학생도 있었다. 젊은 남자들은 죄다 산으로 도망가 많지 않았다.

"또 무슨 일로 불러내는 걸까?"

"저리 난리 치니 어서들 가봅세."

마을 느티나무 아래서 한가로이 담소를 나누던 노인들도 몸을 일으켰다.

지휘관으로 보이는 장교가 운동장 구령대 위로 올라섰다. 바닥에 둘러앉은 주민들을 이글거리는 눈으로 둘러보더니 이북 억양이 섞인 목소리로 말했다.

"잘 들으라우. 가족 중에 군인과 경찰, 공무원이나 청년단원이 있는 사람 나오라우. 한 명이라도 있는 사람 다 나오라우!"

어디선가 까마귀 한 떼가 무리를 지어 교정 위 잿빛 하늘을 가르고 있었다. 몇몇 주민들이 쭈뼛쭈뼛 주위의 눈치를 보며 앞으로 나섰다. 수혁의 일가족도 하나둘 일어섰다.

옥희는 영문도 모르고 몸을 수그린 채 서늘해지는 가슴을 느꼈다. 준규의 행방을 쫓는 토벌대의 등쌀에 옥희는 한동안 수혁의 집 골방에 숨어지냈다. 내일은 바닷가의 언니 집으로 거처를 옮길 참이었다.

윤 씨 부인은 평소와 달리 분위기가 심상치 않음을 느꼈다. 마침 남편도 마을을 비운 참이었다. 군인들의 눈빛에서 알 수 없는 섬뜩함이 뿜어져 나왔다. 문득 옥희를 잘 챙겨달라던 아들 수혁의 간곡한 당부가 머리를 스쳤다. 윤 씨 부인은 앞으로 걸어 나가면서 옥희의 옷자락을 슬그머니 당겼다. 옥희와 윤 씨 부인의 눈이 마주쳤다. 윤 씨 부인이 눈짓을 하며 면박을 주듯 속삭였다.

"얘는 뭐 하고 꾸물대. 어서 나오지 않고!"

그렇게 옥희도 엉겁결에 앞으로 나가게 되었다. 구령대 밑 책상에 앉은 장교와 경찰이 한 명씩 짝을 이뤄 앞으로 나온 사람들을 심사하고 있었다.

"윤갑룡 경찰 서장이 제 동생이고요. 우리 둘째 아들은 육군 장교로 있어요. 현수혁입니다. 얘는 내 며느리예요."

윤 씨 부인은 태연히 말했으나 옥희의 심장은 방망이질 쳤다. 장교가 날카로운 눈빛으로 수혁의 가족에 대해서 몇 가지 묻더니 고개를 끄덕였다.

"자, 당신들은 돌아가도 좋습니다."

군인들은 앞으로 나온 수십 명의 사람을 마을로 돌려보냈다. 남은 주민들은 불안한 눈초리로 서로를 쳐다보며 시끌거렸다.

"아니, 우리는 왜 집에 안 보내주는 거지?"

몇몇은 항의하듯 자리에서 일어섰지만 죽창을 든 청년단원들의 서슬 퍼런 눈빛에 주춤했다.

"자, 이제 남은 사람들은 다들 따라오시오."

군인들은 개머리판으로 밀며 주민들을 학교 앞 너른 빈터로 내몰기 시작했다. 군인들의 눈에 은은한 불길이 타올랐다. 주민들 대부분이 학교 정문을 벗어났을 때였다. 이상한 낌새를 느낀 한 노인이 군인들 앞으로 나섰다.

"이보시오, 군인 양반. 남자들이라면 모를까 여자와 아이들은 대체 무슨 죄가 있겠소? 살날 얼마 안 남은 우리 늙은이들은 다 죽여도 좋으니…."

　노인의 말이 채 끝나기도 전에 군인들의 총이 일제히 불을 뿜었다. 노인이 배에 피를 뿜으며 쓰러졌다.

　탕! 탕! 탕! 타타타탕!

　귀를 찢을 듯한 총소리와 함께 마을 주민들이 하나둘 바닥에 쓰러졌다.

　"제발 살려주세요. 갓난아기가 있어요!"

　울부짖던 한 새댁이 품에 아기를 안은 채 고꾸라졌다. 겨울바람이 그 광경에 놀란 듯 더욱 세게 몰아쳤다. 주민들은 눈물 콧물 범벅이 돼 살려달라고 애걸하고 빌었다. 총탄은 그들의 애원에도 아랑곳하지 않고 무자비하게 빗발쳤다. 노인들이 손주들을 감싸안다가 엎어졌다. 어른도, 여자와 아이들도 바람에 흩날리는 꽃잎처럼 하나둘 스러져갔다.

　풀려났던 군경 가족들이 총소리에 놀라 가던 길을 멈추고 뒤를 돌아보았다.

　"세상에, 맙소사!"

　"아니, 어떻게! 저럴 수가!"

　사람들은 멀리서 벌어지는 참혹한 광경에 놀라 울기 시작했다.

　"지금 저, 저게 뭐 하는 거야?"

　하얗게 질린 우혁이 사람들 사이에서 용수철처럼 튀어나왔다. 우혁은 말리는 사람들을 거세게 뿌리치고 학교 쪽을 향해 내달리며 외쳤다.

"말숙아, 말숙아!"

먼발치 떨어져 경계를 서던 군인이 달려오는 우혁을 총으로 가로막았다.

"당신 뭐야? 지금 작전 중이니 빨리 돌아가시오!"

"비켜 인마! 저 속에 내가 사랑하는 여자가 있어!"

군인 한 명이 뛰어 들어가려는 우혁의 팔을 비틀어 바닥에 주저앉혔다. 우혁을 바라보는 군인의 눈이 이상한 열기로 번들거리고 있었다.

"당장 돌아가! 자꾸 그러면 당신도 즉결 처형될 수 있어."

군인의 말에 집안사람들이 나서 우혁을 말리기 시작했다. 미친 사람처럼 발버둥 치던 우혁은 죽어가는 사람들 속에서 말숙을 발견했다.

"말숙아! 말숙아!"

사랑하는 이들의 교감이었을까. 총소리와 절규가 뒤범벅되는 아수라장 속에도 말숙은 우혁과 눈이 마주쳤다. '오빠, 오빠! 나 좀 살려줘!' 우혁은 말숙이 눈으로 그렇게 말하고 있음을 느꼈다.

"말숙아, 꼬맹아! 안 된다. 안 돼! 안 돼!"

우혁은 필사적으로 몸부림을 쳤다. 그때 어디선가 날아온 총알이 말숙의 가슴을 꿰뚫었다. 말숙이 힘없이 무릎을 꿇었다. 우혁을 바라보고 있던 눈에 눈물이 고인 채 말숙이 털썩 쓰러졌다. 솟구치는 피가 말숙의 작은 몸을 서서히 물들였다. 그녀의 손가락에는 우혁이 약혼 반지로 끼워줬던 은가락지가 아롱거리고 있었다. 짐승처럼 울부짖는 우혁을 집안사람들이 억지로 끌고 갔다.

빈 마을의 외양간 소들도 목 놓아 슬프게 울었고 묶여 있던 개들도 짖기 시작했다. 낮부터 시작된 총소리는 저물녘까지 이어졌다. 지프 한 대가 달려와 작전이 번복되었다고 알리고 난 뒤에야 군인들은 살육을 멈추고 철수했다.

그날 마을에선 밤새 숨죽인 울음이 그치지 않았다. 넋 나간 얼굴로 밤을 지새운 우혁은 날이 희부옇게 밝아오자마자 국민학교 앞으로 달려갔다. 이미 많은 사람이 나와 서성이고 있었다. 살아남은 사람들은 널브러져 있는 수백 구의 시신 앞에 넋을 잃고 주저앉았다. 여기저기 통곡 소리가 터져 나왔다. 말숙이의 시신 앞에서 우혁은 울지 않았다. 입을 꾹 다문 채로 말없이 말숙이네 가족 시신을 하나하나 정성껏 수습했다. 뒷산 햇살 잘 드는 중턱에 말숙이 가족의 가매장을 끝낸 것은 어스름이 내릴 무렵이었다. 그제야 우혁이 허물어지듯 소리 내어 울기 시작했다.

"어으흐."

우혁을 찾으러 온 윤 씨 부인도 부둥켜안고 함께 울었다.

"세상에 어떻게 이런 일이…. 이 에미가 죄가 많다. 죄가 많아…."

늦게서야 돌아온 현치호도 가타부타 말없이 서서 마을을 굽어

보았다. 낮게 몸을 낮춘 초가에서는 더 이상 저녁연기가 피어오르지 않았다.

"이게 과연 사람 사는 세상이 맞는가….”

이건 아니었다. 이런 일은 일제 치하에도 없었다. 현치호는 제주 지역의 유지들과 신문기자들을 불러 모아 계엄사령부에 항의를 가겠노라 단단히 마음먹었다. 그렇게 비극은 일단락되는 줄만 알았다.


며칠 뒤 늦은 밤. 안개로 뿌연 밤하늘 가운데 달이 흐릿하게 빛나고 있었다.

이번에는 산에 있던 수십 명의 무장대가 마을로 내려왔다. 가족과 친지를 잃은 그들의 충혈된 눈에 불꽃이 이글거렸다. 손에는 장총과 죽창, 몽둥이가 들려 있었다.

선두에 권총을 찬 인민복 차림의 청년이 보였다. 얼음장 같은 눈길에 표정이 없는 춘삼이었다. 그 옆을 준규가 마치 그림자처럼 따라붙고 있었다. 몇몇 젊은 무장대원이 주위를 날카롭게 살피며 경호하듯 춘삼을 에워쌌다. 달빛만이 감싸안은 적막한 마을로 들어선 무장대는 몇 개 조로 나누어 흩어졌다. 개들이 요란하게 짖기 시작했고 이집 저집의 창에 호롱불이 들어왔다. 한 무리의 무장대가 나무짝으로 만든 대문을 부서져라 걷어찼다. 마을 이장의 집이었다.

"이장님, 나오세요!"

안채의 문이 열리더니 늙수그레한 이장이 저고리를 추스르며 마당으로 나섰다.

"아니, 이 밤에 무슨 일인가? 가만있자, 자네는 고 씨 아닌가?"

이장은 무장대가 찾아온 까닭을 짐작하고 와들와들 떨기 시작했다. 무장대원들은 다짜고짜 달려들어 이장을 끌어내 몽둥이로

사정없이 두들겼다.

"아이고, 나 죽네. 나 죽어!"

그의 가족들에게도 발길질 세례가 가해졌다. 고 씨라고 불리는 사내가 이장을 보며 의연하게 말했다.

"이장 어르신, 나 원망하지 마십시오. 세상사 뿌린 대로 거두는 겁니다."

그가 눈짓하자 곁에 있던 청년 하나가 죽창으로 이장의 가슴을 찔렀다. 다른 청년이 부인의 머리를 몽둥이로 내질렀다. 부부는 피를 흘리며 차례로 숨을 거두었다. 무장대가 대문으로 걸어나가자 누군가 집에 불을 질렀다. 이장의 초가집은 툭, 툭 소리와 함께 이내 불길에 휩싸였다.

# 13

# 비극은 비극을 낳고

수혁의 집을 향해 또 다른 무장대 대여섯 명이 저벅저벅 걸었다. 맨 앞에 선 사내의 얼굴에는 음영이 짙게 드리워졌다. 입가에 희미한 비웃음이 내걸린 남자, 춘삼이다. 춘삼의 오른손에는 차가운 권총이 들려 있었다. 춘삼의 뒤로 건장한 사내들이 민첩하게 움직였다. 눈빛이 한결같이 싸늘했다.

일행이 수혁의 집 앞에 다다르자 춘삼이 손가락으로 대문을 가리켰다.

"이 집이 제일 악질 군경 가족입니다. 아실 겁니다. 현치호 사장. 회사를 운영한답시고 노동자들을 착취하고 일본 놈들에게 기대어 동족의 피를 빨아먹던 악덕 지주입니다."

한 사내가 대문을 요란하게 걷어찼다. 두터운 대문은 꿈쩍하지 않았다.

"누구요?"

안에서 겁먹은 목소리가 들렸다. 문은 열리지 않았다. 누군가 문고리에 총을 쏘더니 여럿이 달려들어 대문을 박살 냈다. 마당에 들어선 무장대는 눈에 보이는 대로 때려 부수었다. 집안사람들의 고함 소리와 울부짖는 소리가 뒤섞였다. 누군가 현치호를 질질 끌고와 마당에 무릎을 꿇렸다. 현치호는 이미 무장대의 폭행에 얼굴이 엉망으로 퉁퉁 부었고 코에서 피가 흐르고 있었다.

총칼을 든 무장대가 주변을 에워싸며 눈을 부라렸다. 우혁은 보이지 않았다. 춘삼이 준엄한 목소리로 논고를 시작했다.

"현치호, 당신은 일정 때 친일 행위로 돈을 모으고 농민들을 착취해왔으며 이제는 다시 미군정에 알랑대며 민족을 배반하고 있다. 당신의 집안은 경찰, 군인들을 배출하여 우리 동지들을 탄압하는 선봉에 선 제일 악질적인 반동 가문이다. 더 길게 따질 것도 없이 바로 지금 처형을 집행한다."

잠을 자다가 두들겨 맞고 끌려 나온 현치호는 뭐가 어떻게 된 건지 정신이 하나도 없었다. '처형'이라는 말에 고개를 들어 눈앞의 사내를 올려다보았다. 현치호는 소스라치게 놀랐다. 다른 사람도 아니고 자신이 대학 등록금을 마련해주고 보살펴줬던 소작농 김 씨 아들 춘삼이 아니던가.

"아니, 이 사람아? 춘삼이! 날세. 나야, 나!"

춘삼이 차갑게 대꾸했다.

"나는 당신을 모른다. 내 눈에는 바퀴벌레 같은 민족 반역자만 보인다."

"어떻게 자네가 그럴 수 있는가? 내가 자네 부친…."

한 대원이 현치호의 말이 끝나기도 전에 머리를 각목으로 후려 쳤다.

"악!"

현치호가 머리에 피를 흘리며 옆으로 기우뚱 쓰러졌다.

"아이고, 여보! 이를 어째!"

윤 씨 부인이 현치호에게 달려가 치맛자락으로 흐르는 피를 막았다. 현치호는 이를 악물고 부르짖었다.

"이보게, 춘삼이! 자네 부친을 봐서라도 나한테 이럴 수는 없는 거네. 악덕 지주라니? 무슨 말인가? 난 자네 가족들에게도, 소작들에게 부족함이 없이 대했네."

춘삼은 입가에 냉소를 흘리며 내뱉었다.

"우리에게 보리쌀을 주고, 당신들은 흰쌀밥에 고깃국을 처먹었겠지. 현치호, 당신은 5·10 선거관리위원으로 일했지? 게다가 서청들에게 돈을 대준 것도 다 알고 있어!"

현치호는 한 손으로 바닥을 지탱하며 간신히 몸을 일으키더니 숨을 몰아쉬며 대꾸했다.

"이 사람아, 나라에서 하는 선거를 그럼 안 하나? 임명장을 주니까 받은 거 아닌가? 나도 다 어쩔 수 없이 한 거네."

그때 다급한 발자국 소리가 들리더니 우혁이 급하게 뛰어 들어왔다. 집 안의 참혹한 광경에 멈칫한 우혁은 곧 아버지 곁으로 달려갔다.

"아버지, 어머니!"

우혁은 춘삼을 보고 흠칫 놀라더니 노기 띤 얼굴로 소리쳤다.

"춘삼이 형, 나야. 우혁이야. 우혁이라고!"

우혁을 보자 춘삼은 오히려 성난 얼굴로 맞받았다.

"너 같은 악질 반동분자는 몰라. 내 눈에는 늘 우리 같은 무산계급을 멸시한 벌레 같은 부르주아만 보인다. 이 새끼도 이 늙은 이와 함께 처형하시오."

"형 왜 이러는 거야. 우리 가족이 형에게 얼마나 잘해주었어?"

무장대원 한 명이 들고 있던 장총으로 현치호를 쏘았다.

탕! 현치호의 고개가 앉은 채로 푹 꺾였다. 사내는 다시 총구를 돌려 우혁에게 총을 겨누었다. 순간, 윤 씨 부인이 득달같이 달려들어 사내의 팔을 깨물었다.

"악!"

"우혁아, 빨리 도망가. 빨리!"

윤 씨 부인이 울부짖었다. 순간, 우혁이 잽싸게 대문 밖으로 뛰쳐나갔다. 춘삼이 우혁을 쫓는 사이, 다른 대원들이 달려들어 윤 씨 부인의 등을 죽창으로 찔렀다. 윤 씨 부인이 피를 쏟으며 쓰러졌다.

탕! 탕! 춘삼은 권총을 뽑아 달리는 우혁의 등을 겨누며 쏘았다. 어두운 밤이라 조준이 정확하지 않았다.

"박 포수, 저 새끼 잡아!"

엽총을 든 박 포수라는 중년 남자가 총알처럼 우혁 뒤를 쫓았다. 사냥꾼인 박 포수의 발은 빨랐다. 한참을 뒤쫓던 박 포수는 거리가 어느 정도 좁혀지자 우혁의 실루엣을 향해 한쪽 눈을 감고선 채로 조준을 했다. 총구에서 불이 뿜어져 나오더니 우혁의 실루엣이 풀썩 바닥으로 쓰러졌다. 우혁은 등에서 피를 쏟으며 말숙이네 감나무 집까지 엉금엉금 기어갔다. 등 뒤로 죽음을 예감하는 엄청난 고통이 밀물처럼 밀려왔다. 숨이 사그라져가는 우혁의 눈앞에 얼마 전 말숙과 나눈 달콤했던 추억이 스쳤다.


우혁과 말숙은 달빛이 내리는 감나무 아래 서 있었다. 우혁이 준비한 은가락지를 꺼내 말숙이의 손가락에 끼웠다. 동그란 가락지를 감회 어린 눈으로 보던 말숙이의 눈이 젖어갔다. 말숙이 한 손으로 우혁의 손을 잡고 새끼손가락을 걸며 속삭였다.

"오빠, 마음 변하면 안 돼. 꼭! 약속이야."

"당연하지. 너도 변하지 마."

"오빠가 오빠네 부모님 잘 설득해야 돼. 오빠네는 부자고, 우리 집은 가난하잖아. 오빠네 부모님 착한 분들인 거 알지만 나 사실 조금 무서워."

"바보, 걱정 마. 부모님은 내가 잘 말씀드릴게. 우리 부모님 그런 분들 아니야. 그리고 너 그거 알아? 수혁이도 우리 편이야. 우리 부모님은 수혁이 말이라면 나보다 더 신뢰하셔."

그 말에 말숙이 얼굴이 보름달처럼 밝아졌다.

"오빠, 고마워. 우리 행복하자."

"나도. 정말 잘 살자."

말숙이 뿌듯한 표정으로 우혁의 가슴에 얼굴을 묻었다.


말숙아, 말숙아. 우혁은 말숙의 이름을 부르짖으며 조금 더 기어가다가 숨이 멎었다. 우혁의 눈에 한 줄기 눈물이 흘렀다. 우혁의 손가락에 끼워진 은가락지가 달빛에 반짝였다.

무장대는 핏발이 잔뜩 선 눈을 번득이며 군경, 청년단이나 우익 인사들의 집을 찾아가 사람을 해치고 불을 질렀다. 마을 곳곳에서 불길이 타올랐다.

탕, 탕! 이때 어디선가 총소리가 났다.

"경찰이 오고 있다!"

마을 어귀에서 망을 보던 무장대원이 깃발을 높이 흔들며 다급하게 외쳤다. 멀리 지프가 보이더니 그 뒤에 경찰들을 가득 태운 트럭이 마을을 향해 질주해오고 있었다. 선두에 선 지프에는 경찰서장 갑룡이 타고 있었다. 갑룡은 마을 곳곳에서 피어오르는 연기를 보고 입술을 깨물었다.

'이 새끼들이!'

돌담에 몸을 숨긴 무장대원들이 돌진해오는 차량을 향해 사격을 했다. 트럭 위의 경찰 한 명이 총에 맞아 바닥으로 굴러떨어졌다. 갑룡이 타고 있던 지프의 유리창도 깨졌다. 유리창 파편 한 조각이 갑룡의 이마를 스쳐 피가 흘렀다.

"야, 차 세워! 흩어져서 대응 사격!"

갑룡이 권총을 빼며 소리 질렀다. 경찰들이 차에서 우르르 내려 주변 나무와 바위를 엄호물 삼아 반격을 했다. 조금씩 마을로 진격해 들어오는 경찰들을 향해 무장대원들이 응전했으나 숫자와 화력에서 현저히 열세였다.

"총, 이리 줘봐."

갑룡은 옆에 있던 순경에게 카빈 소총을 넘겨 받더니 멀리 무장대 지휘자로 보이는 남자를 향해 겨누었다. 탕, 총알은 간발의 차이로 빗나가 곁에 있던 무장대원이 픽 쓰러졌다. 갑룡은 일정 때 경사 계급장을 달고 사격왕으로 이름을 날렸었다.

"동무들, 이만하면 됐소. 이제 철수합시다!"

경찰의 전력을 보아 전면전은 승산이 없다고 판단한 춘삼이 소리쳤다. 쓰러진 사람은 춘삼의 경호를 맡던 이였다. 무장대는 주춤주춤 뒷걸음을 치며 산 쪽으로 달아났다. 경찰들이 함성을 지르며 일제히 마을로 진입했다.

"나 엄호 사격하고 몇 명은 나 따라와."

갑룡은 누이의 가족이 걱정돼 제일 먼저 뛰어나갔다. 저 멀리서 시뻘건 불길과 함께 연기가 피어오르고 있었다. 그는 마을의 작은 개울을 첨벙첨벙 뛰어 건너 탱자나무 길목을 지났다. 함께 따르던 경찰들이 뒤처졌다. 갑룡이 반쯤 부서져 있는 대문을 박차고 들어가려는 순간 누군가 안에서 뛰어나왔다. 죽창을 들고 있는 준규였다. 갑룡이 잽싸게 준규를 향해 방아쇠를 당기려고 하다가 얼굴을 알아보고 일순간 총을 내렸다.

"너, 너는 수혁이 친구 아니냐?"

갑룡은 어릴 때부터 마당에서 수혁과 함께 뛰놀던 준규의 얼굴을 알고 있었다. 게다가 준규는 갑룡의 경찰서에서 잠시 급사로 일한 적이 있었다.

"아, 아저씨!"

당황한 준규가 냅다 갑룡을 밀치고 산 쪽을 향해 내달리기 시작했다. 갑룡도 얼른 총을 거두고 부리나케 마당으로 들어섰다. 누이의 생사부터 확인해야 했다. 마당으로 들어서자마자 시뻘건 불길이 그를 맞이했다. 갑룡은 그 자리에 얼어붙고 말았다.

"이럴 수가!"

이글이글 성난 듯 불타오르는 안채 앞에 사람들이 널브러져 있었다. 그리고 그중에는 누이와 매형이 있었다. 갑룡은 쓰러져 있는 윤 씨 부인을 붙잡고 숨부터 살폈다. 대창에 찔린 등에서 식은 피가 흘러내렸다. 이미 목숨이 끊어진 상태였다.

"누님, 누님! 으아아악!"

믿을 수 없는 현실에 그는 미친 사람처럼 괴성을 질러댔다. 분노와 슬픔으로 뒤범벅된 절규였다. 어릴 때부터 유난히 갑룡을 잘 챙기던 살가운 누이였다. 갑룡은 부들부들 떨리는 몸으로 윤 씨 부인을 부둥켜안았다. 두 눈에서는 뜨거운 눈물이 하염없이 흘러내리고 있었다.

다음 날 새벽, 밤새 한숨을 못 잔 갑룡은 충혈된 눈으로 가마니를 덮은 한 시신 앞에 섰다. 낮은 돌담 옆으로 감나무가 덩그러니 서 있는 집 앞이었다.

"열어봐."

서장의 지시에 젊은 순경 한 명이 조심스럽게 가마니를 들쳐 올렸다. 어제부터 안 보이던 우혁의 얼굴이 드러났다. 갑룡이 눈을 질끈 감으며 이내 고개를 돌렸다.

"이 순둥이 같은 놈. 누나와 매형은 모른 척했지만 이미 알고 있었어. 가을에는 네가 좋아한다는 이 집 처녀와 혼례 치러주기로 마음먹었는데…."

갑룡은 파르르 떨리는 입술을 깨물며 가마니를 다시 덮었다.

"그래도 제 짝 찾아 여기까지 기어왔나 보네. 우혁아, 이제 편히 쉬어라. 이 삼촌이 다 갚아줄 거야."

갑룡은 눈가를 손등으로 문질렀다. 경찰 간부 한 명이 다가와 심각한 얼굴로 갑룡에게 보고를 했다. 경찰서에서 잔뼈가 굵은 정보 주임이었다.

"김춘삼 부대의 소행이 맞습니다. 김춘삼이가 도당 부위원장으로 무장대까지 지휘도 하고 있습니다."

갑룡이 그럴 줄 알았다는 듯 고개를 주억이며 중얼거렸다.

"결국 그놈이로군. 매형이 호랑이를 키운 거야."

"아, 그리고 아까 함께 알아보라고 말씀하신…."

"이준규."

"네, 이준규 그 자식, 김춘삼의 꼬붕이랍니다. 얼마 전부터 안 보였는데 자진 입산했다고 합니다. 조직원 명부에서도 이름이 발견되었습니다."

갑룡이 지친 얼굴로 고개를 푹 숙이고 긴 한숨을 내쉬었다.

"그래, 알았어. 가봐."


정보국이 입주한 명동의 사무실. 무쇠 난로에 조개탄이 이글거리고 놋 주전자에 물이 끓어오르는 중이었다. 장교 두 명과 세 명의 하사관, 다섯 명의 사병이 업무를 보고 있었다. 쉴 새 없이 전화가 걸려왔고 수시로 사람들이 들락거렸다.

얼마 전 중위로 진급한 수혁도 책상에 앉아 보고서를 작성하고 있었다. 전국 각지에서 쏟아지는 첩보가 정보국으로 몰려드는 바람에 눈코 뜰 새 없이 바빴다. 군대 내의 좌익분자를 걸러내어 검거하기 위한 작업이 한창이었는데 그 중심에 정보국이 있었다.

더구나 제주도의 4·3사건과 여순 사건 등이 겹치면서 정보국 요원들은 처리해야 할 업무를 감당하지 못해 야전 침대를 깔고 사무실에서 숙식을 해결해야 할 지경이었다.

문이 벌컥 열리더니 단단한 체격의 한 사내가 들어왔다. 싸늘한 눈빛으로 사무실을 한번 둘러본 그는 김창웅 소령이었다. 이북 출신으로 무자비하다고 소문난 인물이었으나 한편으로는 능력을 인정받아 군 수뇌부의 사랑을 받고 있었다.

그는 수혁의 건너편에 앉은 박 중위에게 뭐라고 지시를 하고 두터운 서류를 한 묶음 건넸다. 문을 열고 나가려다가 수혁을 힐끗 보더니 농을 치듯 말을 던졌다.

"어이, 현 중위, 우리 과로 좀 옮겨 오라우. 내래 좀 일이 많다."

"제가 가고 싶다고 가나요?"

수혁이 담담하게 대꾸했다.

"그래, 그러면 때가 되면 오라우. 내 힘 좀 써보디."

김창웅은 눈을 찡긋하더니 밖으로 나갔다. 그는 엘리트 장교인 수혁을 탐내고 있었다. 수혁의 일 처리가 깔끔하다고 소문났기 때문이다. 상부로부터 신임을 받고 심지어 대통령도 아낀다는 소문이 있는 김창웅이었지만 수혁은 속으로 그를 경멸하고 있었다.

'일본 놈 밑에서 헌병보 하던 주제에….'

그의 무자비한 수사 방식은 악명이 높았다. 조금이라도 의심이 가면 일단 마구잡이로 잡아넣고 '네 죄를 네가 알렸다' 식의 고문을 서슴지 않았다.

수혁은 창가로 걸어가 밖을 살폈다. 스산한 바람이 건물을 휘감아 창문이 덜컹거렸다. 문득 제주의 바람이 떠올랐다. 시든 잎들이 거리를 힘없이 뒹굴고 있고 그 사이로 허름한 차림의 구두닦이 소년 둘이 지나가고 있었다.

수혁의 책상 위 전화기에 벨이 울렸다. 행정병이 안경을 곧추세우며 다가와 받았다.

"통신보안, 정보국입니다. 네? 네. 잠깐만 기다리십쇼."

행정병이 수화기를 든 채 수혁을 향해 말했다.

"현 중위님, 전화받으시지 말입니다. 제주도 무슨 경찰서라는데 말입니다."

"제주도?"

수혁은 알 수 없는 불안감을 느끼며 성큼성큼 걸어가 전화를 건네받았다.

"지금… 뭐라고 하신 겁니까?"

수혁은 수화기를 쥔 채 번개를 맞은 것처럼 온몸을 부르르 떨었다.

# 14

# 복수의 다짐

급한 업무를 정리한 수혁은 서둘러 인천항으로 가는 지프에 몸을 실었다.

"아무래도 가족의 신변에 이상이 있는 것 같습니다. 길게 말씀드리기는 어렵고 일단 빨리 내려오셔야 할 것 같습니다."

수화기 저편의 경찰서 직원은 그렇게 말하고 끊었다. 집으로 전화를 걸었지만 연결이 되지 않았다. 어렵게 삼촌과 통화가 되었지만 갑룡도 가라앉은 목소리로 일단 내려오라는 말만 짧게 하고는 끊었다.

'설마 폭도들에 의해 집안에 무슨 일이라도 생긴 걸까?'

수혁은 결코 그럴 리가 없다고 생각했다. 군경이나 무장대나 어느 쪽도 수혁 일가를 미워할 이유가 없었다. 그만큼 늘 주변에 베풀고 살아와 인심을 잃지 않은 수혁의 집안이었다. 그것이 양날의 검이 되어 돌아올 수 있음을, 수혁은 미처 알지 못했다.

수혁은 급하게 휴가를 신청했지만 국장인 백 대령은 청하지 않은 호의까지 베풀어 휴가가 아닌 공무로 처리해주었다. 제주도 현지를 찾아 정보도 얻고 정황을 직접 눈으로 보고 오라는 임무였다. 인천항까지 자신의 지프도 내주었다. 백 대령의 지나친 호의가 오히려 수혁의 마음에 걸렸다.

수혁은 인천항에서 시간을 보내다가 어스름 무렵에야 제주도로 향하는 군함 위에 올랐다. 선창에 노을빛이 내리고 있었다. 갑판 위로 몇몇 군인들이 나와 있었고 미군들의 모습도 보였다. 수혁은 차갑게 물결치는 바다를 보며 불길한 마음을 감출 수 없었다. 선실로 돌아가 모포를 뒤집어쓴 채 억지로 눈을 붙였지만 쉽사리 잠이 오지 않았다.

여윈잠을 자는 둥 마는 둥 하다 보니 창문 너머로 부옇게 새벽이 밝아오고 있었다. 국장이 무슨 수를 썼는지 항구에는 현지 부대의 헌병 지프가 나와 있었다. 하사관 한 명과 운전병이 하선하는 군인들을 하나하나 살피더니 수혁의 계급과 군복 위의 표식을 보고 경례를 올렸다.

"현수혁 중위님이시죠? 저희가 모시겠습니다."

"잠시만 기다려주시겠소?"

수혁은 선착장의 사무소에서 갑룡에게 전화를 넣은 뒤 헌병 지프를 타고 고향 마을로 달렸다. 멀리 검게 그을려 타버린 초가집들을 발견한 수혁은 어두운 예감에 휩싸였다.

"여기서 차를 세우고 돌아들 가보시오."

마을 어귀에서 내린 수혁은 얼굴이 굳어진 채로 집을 향해 달렸다. 저 멀리 반쯤 불타 버린 수혁의 기와집이 눈에 들어왔다. 수혁은 놀란 가슴을 누르며 대문 안으로 들어섰다. 뜰에는 시커먼 재가 널려 있다. 대청마루에 경찰복을 입은 사람이 침통한 얼굴로 쪼그려 앉아 있었다. 삼촌 갑룡이었다. 그 옆에 젊은 순경 하나가 카빈 소총을 어깨에 맨 채 부동자세로 서 있었다. 갑룡은 수혁을 보자 힘없이 자리를 털고 일어났다.

"왔니?"

"삼촌…. 무슨 일이 일어난 거예요?"

천천히 다가온 갑룡은 돌연 수혁의 어깨를 붙잡고 흐느끼기 시작했다.

"…그래, 잘 왔다."

수혁은 불안한 예감에 휩싸여 부모 형제의 안부가 차마 입에서 떨어지지 않았다. 무슨 일이 일어났는지 가늠조차 할 수 없었다. 아니, 생각조차 하고 싶지 않았다.

"이제 어머니 아버지를 뵈러 가자."

잠시 뒤 두 사람은 뒷산 중턱의 무덤 앞에 섰다. 급히 만든 것처럼 보이는 붉은 흙만 덩그런 무덤이었다. 따라온 순경이 카빈 소총을 들고 긴장된 눈빛으로 사방을 살폈다. 수혁은 정신이 나간 듯 멍한 얼굴이었다. 갑룡이 떨리는 목소리로 입을 열었다.

"어서 절하거라. 네 아버지와 어머니, 그리고 형이 잠들어 있다. 일단 지금은 묘 쓸 형편이 안 되어서 임시로 한데 모셨다. 묏자리 알아보고 있으니 장례부터 치르고 이장하자꾸나. 일단 절부터 하거라."

"네? 이게 무, 무슨?"

수혁은 하얗게 질린 얼굴로 갑룡을 쳐다봤다. 난데없이 무덤이라니? 나란히 서서 손을 흔들던 그 다정하고 따뜻했던 가족이 지금 이 차가운 땅속에 있단 말인가? 이 흙 아래 누워있다고? 삼촌이 미친 게 아니라면 어떻게 조카에게 이런 말을 할 수가 있단 말인가? 수혁은 멀건 얼굴로 삼촌만 바라보았다.

"뭐 해? 어서 절하지 않고! 막내가 이제 왔다고, 늦게 와서 죄송하다고 절하란 말이다 이놈아! 크흑."

갑룡이 손으로 눈가를 거듭 훔치며 울먹거렸다.

"얼마 전 산에서 내려온 무장대가 마을을 습격했다. 설마 누님네까지 해코지를 할지 나는 꿈에도 몰랐다. 너희 아버님이 얼마나 인심이 좋았니?"

봇물처럼 터지는 삼촌의 울음소리에 수혁은 정신이 아득해졌다. 갑자기 들이닥친 불행이 도무지 실감나지 않았다. 수혁이 무롤을 털썩 꿇으며 가슴을 움켜쥐었다. 앓는 듯한 신음 소리가 절로 새어나왔다. 수혁의 목에 굵은 핏대가 섰다.

"…어떻게… 이런 일이…. 어머니, 아버지. 형!"

절을 올리다 말고 수혁은 일어나지 못했다. 차마 이 절을 끝낼 수가 없어서 수혁은 한참을 땅바닥에 엎드려 흐느꼈다. 갑룡이 그런 수혁을 부둥켜안고 목놓아 울기 시작했다. 두 사람은 한참이나 서로를 부둥켜안고 울부짖었다.

잠시 후, 두 사람은 무덤가 풀밭에 앉았다. 갑룡이 한라산 쪽으로 눈을 돌리며 말했다.

"이게 다 김춘삼과 준규란 놈의 소행인 것 같다. 김춘삼 이 새끼가 폭도 대장이야! 그리고 네 친구 준규, 너희 부모님이 돌아가시던 날 밤 그 준규란 놈이 집에서 죽창을 들고 나오는 것을 봤어. 나와 마주치자마자 기겁하며 도망가더구나. 내가 그때… 그때 쐈어야 하는 건데… 설마설마했지. 대문에 들어서자마자 피비린내가 났다. 그놈들 짓이야. 이놈아, 친구를 잘 사귀어야지!"

"네? 뭐라고요?"

뜻밖의 이름에 수혁은 가슴을 진정시킬 수 없었다. 머리카락이 쭈뼛 솟고 발끝부터 온몸의 세포 하나하나까지 소용돌이쳤다. 갑룡은 수혁에게 그날 밤에 있었던 일을 자세히 설명했다.

"…지금 말씀하신 거, 다 사실이에요?"

"그래, 내 눈으로 똑똑히 보았다."

수혁은 숨을 쉴 수가 없어 한쪽 옆에 서 있는 잣나무로 비틀비틀 걸어가 몸을 기댔다. 그저 나쁜 꿈을 꾸고 있는 것만 같았다. 준규가 춘삼을 따른다는 것은 알고 있었지만 이건 아니었다. 이럴 수는 없는 일이었다. 인간의 탈을 쓰고 이럴 수는 없었다.

"준규, 네가….."

네가 나에게. 너를 그렇게 소중히 여겼던 나에게 네가! 몸이 부들부들 떨렸고, 치아가 딱딱 맞부딪혔다. 욕지기가 올라와 수혁은 한차례 구토를 했다. 손등으로 입술을 문지르며 수혁은 자신의 가슴이 얼음처럼 차갑게 식어가는 것을 느꼈다.


수혁은 전화로 육본의 상관인 백 국장에게 사정을 전했다. 백 국장은 이미 제주도로 파견 나온 정보 장교들을 통해 사정을 대충 알고 있는 눈치였다. 정신없이 장례를 치른 뒤 수혁은 현지 주둔 부대의 연대장을 찾았다. 한 차례 다시 청한 휴가는 이미 끝나가고 있었다.

"어서 오게."

집무실 책상에 앉아 보고서를 읽고 있던 연대장은 갓 서른쯤 되어 보이는 날카로운 눈매의 젊은 중령이었다. 수혁은 '돌대가리'라는 별명의 그가 중산간 마을을 초토화시키는 강경한 진압 작전으로 주민들의 원성을 사고 있다는 것을 알고 있었다.

경례와 함께 그의 앞에 부동자세로 섰다. 연대장이 자리에서 일어나며 입을 열었다.

"백 대령님께 연락 받았다. 자네 집안의 온 가족이 놈들에게 희생되었더군. 먼저 심심한 위로를 전하네."

그는 수혁의 옆에서 골똘한 얼굴로 지휘봉을 까닥까닥 흔들었다.

"우리 부대로 전출을 희망한다고?"

"네, 그렇습니다!"

"내가 좀 알아보니까 아버님이 참 훌륭하신 분이셨더군. 어려운 사람들을 많이 도왔다고 주민들의 칭송이 자자했다고 들었네. 참 안타까운 일이야."

수혁은 입술을 지그시 깨물었다. 연대장이 목소리가 흥분한 톤으로 높아졌다.

"자네도 경험해봐서 알겠지만 놈들은 선량한 주민이 아니라 폭도들이다! 이것이 바로 공산주의자들의 실체야. 혁명을 위해서라면 부모 자식도 팔아넘기는 놈들이 그 빨갱이 새끼들이란 말이다."

연대장은 수혁의 어깨를 힘주어 어루만졌다.

"현 중위 잘 생각했다. 자네와 같은 인재들이 와야 우리 군도 힘이 된다. 자네도 알다시피 얼마 전 우리 부대에서도 제주도 출신 사병들이 탈영을 해서 위에서 이만저만 우려하는 게 아냐. 제주도 출신이 더 앞장서서 폭도 소탕에 모범을 보이기 바란다. 자네에게 오늘부터 중대장이 공석인 2중대의 지휘를 맡기겠다. 알겠나?"

"네, 알겠습니다!"

"좋다. 우선 부대를 둘러보고 와라. 안내 장교를 붙여주마."

수혁이 거수경례를 올리자 연대장도 차렷 자세로 엄숙히 수혁의 경례를 받았다. 수혁의 눈빛은 복수의 다짐으로 살얼음이 긴 듯 차가워졌다.

그날 밤 연대장은 특별히 수혁을 위한 술자리를 마련하였다. 제주 시내의 꽤 고급스러운 요릿집에서 환영과 위로를 겸한 묘한 분위기의 자리가 열렸다. 술이 거나하게 돌자 연대장과 참모들은 한목소리로 빨리 폭도들을 척살하고 현 상황을 끝장내야 한다고 입을 모았다. 취하면 취할수록 수혁은 무엇이 진실이고 거짓인지 알수가 없었다. 더 이상 알고 싶지도 않았다. 그따위는 중요하지 않았다.

밤이 깊었다. 연대장이 먼저 일어나자 술자리가 파하고 부하들도 하나둘 자리를 떴다.

"먼저들 들어가십시오. 저는 생각을 정리할 게 있어서 조금만 앉아 있다 가겠습니다."

수혁의 복잡한 심사를 아는지라 일행은 말없이 돌아갔다. 수혁은 술을 몇 잔 더 마시다가 갑자기 들고 있던 술잔을 벽에 집어던졌다.

"이준규, 이 개자식아!"

잔이 박살 나면서 유리 파편이 수혁의 뺨에 스쳐 피가 흘렀다.

놀란 종업원이 달려왔다. 수혁은 상 위에 엎드려 오래도록 흐느꼈다.

며칠 뒤 수혁은 연대장의 지시로 경찰과 토벌대 합동 회의에 참석했다. 제주도 출신이라 현지 사정을 잘 안다는 이유에서였는데 마침 장소가 갑룡의 경찰서였다. 경찰서장 갑룡과 간부 네댓 명, 수혁을 포함한 장교 서너 명이 긴 테이블을 사이에 두고 머리를 맞대었다.

회의실 벽에 걸린 상황판에는 토벌 작전을 나타내는 표식과 화살표 등이 어지럽게 그려져 있었다. 경찰 간부 한 명이 들어오더니 대외비라고 적힌 서류철을 갑룡에게 건넸다. 갑룡은 서류를 몇 장 펼쳐보더니 눈이 가늘어졌다. 볼펜으로 몇 군데를 쭉쭉 긋더니 서류를 갖고 온 간부를 쳐다보며 물었다.

"이거 맞아? 확실해?"

"네. 이준규가 맞습니다. 이놈이 서청의 감찰부장을 찾아가서 살해하고 무장대에 스스로 합류한 겁니다. 그놈들 세계에서는 입산하기 전에 이런 식으로 공을 세우는 경우가 종종 있습니다. 이준규는 현재 유격대 부대장 김춘삼의 측근으로 파악되는 악질입니다."

간부는 자신 있는 얼굴로 대답했다. 갑룡은 말없이 건너편에 앉은 수혁에게 서류철을 건넸다. 서류를 뚫어지라 살피던 수혁의 얼굴이 굳어졌다.

수혁은 회의를 마치고 경찰서 마당으로 걸어 나오며 중얼거렸다.

"김춘삼, 이준규. 다른 놈은 몰라도 너희 둘은 내 손으로 직접 처단한다. 내 손으로 반드시…."

수혁과 장교들은 지프 두 대에 나눠 올라타고 경찰서 정문 밖으로 먼지를 일으키며 사라졌다.


눈 쌓인 한라산 중턱, 바람살이 귀를 도려낼 듯 매서웠다. 수혁은 흔들리는 철모를 고쳐 쓰고 두 개 소대원들을 이끌며 수색에 나섰다. 바람이 불 때마다 눈보라로 눈앞이 부옇게 흐려졌다. 눈이 내리는 것이 아니었다. 산에 쌓인 눈들이 바람에 휘날려 공중으로 떠오르는 것이었다. 발목까지 눈 속에 푹푹 빠져 걸음은 더디었다. 언덕 위에서 바스락거리는 미세한 소리에 수혁이 뒤를 보며 낮은 소리로 외쳤다.

"전원, 엎드려!"

군인들은 일제히 눈 위에 납작 엎드리며 총구를 위로 겨누었다. 몇 초 뒤 눈 덮인 풀숲 사이로 노루 한 마리가 겅중겅중 뛰어나왔다. 한 병사가 허탈한 얼굴로 눈을 털며 일어나 투덜댔다.

"대체 이 폭도 새끼들은 다 어드메로 숨은기야?"

또 다른 병사가 총구를 내려놓으며 말을 받았다.

"어유 추워. 빨갱이들이 어째 코빼기도 안 보이냐. 제기랄."

수혁은 망연히 한라산을 우러르다가 지시를 내렸다.

"자, 1소대는 저쪽으로 가보고 2소대는 나를 따라서 골짜기 아래쪽을 훑는다. 수상한 흔적이 보이거나 무슨 상황이 있으면 즉각 무전으로 보고하라."

"넵!"

그날의 수색은 헛수고로 끝났다. 그 근처에 폭도들이 은신해 있다는 첩보를 입수했으나 어찌 된 일인지 토끼 한 마리도 찾을 수 없었다.

수혁의 중대는 늦은 오후에 부대로 복귀했다. 수혁은 선임 소대장인 임 소위에게 중대원들의 정비와 휴식을 당부한 뒤 외출 준비를 서둘렀다.

수혁이 홀로 지프를 몰고 찾은 곳은 조천의 바닷가였다. 비릿한 바람이 얼굴을 스쳤다. 지프를 한적한 곳에 세워놓은 수혁은 바닷가에 서서 밀려오는 파도를 바라보았다. 바다는 노을빛으로 잔잔히 일렁거리며 이따금 검은 바위에 가볍게 철썩거렸다. 갈매기 한두 마리가 날고 있는 감귤빛 하늘을 보니 불과 몇 시간 전의 긴장은 뒤로 한 채 모든 것이 평화롭게만 느껴졌다. 뒤를 돌아보니 저만치서 옥희가 찬찬히 걸어오고 있었다.

"왔니?"

"응."

그새 옥희는 많이 여위었다. 파리한 얼굴에 고생한 흔적이 가득했다. 두 사람은 별말 없이 나란히 바닷가를 걸었다. 바람결에 그녀의 머리카락이 힘없이 공중으로 흩어졌다. 새하얀 얼굴이 가려졌다. 수혁이 입을 열었다.

"지금 언니 집에 있다는 거지? 형부는 부산으로 나갔다가 못 들어오고 있고?"

"응, 언니 집으로 왔는데 이제는 소개령이 내려져 집으로 돌아가지도 못하네."

옥희는 그날 수혁 어머니의 도움으로 목숨을 건졌다. 마을 사람들이 모조리 학살당하는 것을 눈으로 본 옥희는 곧장 언니네 집으로 가 몸을 숨겼다. 수혁의 가족들이 변을 당한 것도 소식으로 들어 알고 있었다. 잠시 말이 끊기고 어색한 공기가 흘렀다. 수혁이 발걸음을 멈췄다. 옥희도 수혁을 곁눈질로 살피며 멈춰 섰다.

"수혁아. 네 부모님 일은….."

수혁이 짧은 한숨을 토해내더니 옥희의 말허리를 잘랐다.

"옥희야, 준규가 어디 숨었는지 내게 말해줘."

"나는 몰라."

"옥희야!"

"정말 몰라."

수혁의 목소리가 낯빛만큼 싸늘해졌다.

"부옥희, 네가 모른다면 그걸 누가 믿냐고! 그리고 너도 제발 정신 차려. 내가 친구로서 충고하는 거야. 그 녀석은 빨갱이에다가 살인마야. 사람을 죽였어. 심지어 우리 부모님까지도! 악마 같은 놈이라고!"

옥희는 화들짝 놀란 얼굴로 고개를 내저으며 말했다. 믿을 수 없다는 표정이었다.

"아닐 거야. 그럴 리 없어. 수혁아, 준규는 그런 사람이 아냐. 다른 사람은 몰라도 그건 누구보다 네가 잘 알잖아."

"이미 청년단 간부를 죽였다고 수사기록에도 나와 있어. 목격자도 있단 말이야. 그날… 우리 가족이 그렇게 된 날도… 그 녀석이 앞장선 것을 외삼촌이 직접 보았다고!"

수혁은 옥희의 얼굴을 정면으로 응시했다. 옥희는 고개를 떨어뜨리고 눈물만 흘렸다. 상황이 이렇게까지 치달았는데 아직도 준규 편만 드는 옥희를 수혁은 이해할 수가 없었다.

"부옥희. 말해, 말하라고!"

급작스레 화가 치민 수혁이 옥희의 어깨를 붙들고 세차게 흔들었다. 옥희는 미동도 하지 않고 그저 수혁의 눈을 바라보았다. 어릴 때부터 늘 사람을 차분해지게 만드는 까만 눈동자, 그 눈동자가 슬픈 빛으로 젖어 있었다. 옥희의 눈빛은 신비한 마력이 있었다. 수혁은 노한 눈길을 거두고 천천히 손을 내려놓았다.

"미안하다. 옥희야. 내가 좀 흥분했나 봐."

옥희는 대답 없이 바닷가 쪽으로 고개를 돌렸다. 바짝 마른 탓에 옥희의 턱선이 한결 두드러져 보였다.

"그만 돌아가야겠다."

지프로 돌아온 수혁은 뒷좌석의 두툼한 더플백에 눈길을 돌리며 말했다.

"옥희야. 이따가 이거 챙겨 가."

"이게 뭐야?"

"씨레이션과 건빵이야. 쌀도 넣었고."

말없이 더플백을 바라보던 옥희가 젖은 목소리로 입을 열었다.

"고마워 수혁아, 늘 네 신세만 지네. 사실 지금 언니랑 조카들도 굶고 있어. 형부도 소식이 끊기고…. 며칠 전부터 양식이 떨어졌거든. 정말 고마워."

"몸조심하고 무슨 일 생기면 나한테 바로 연락해."

수혁은 옥희에게 쪽지 한 장을 건넸다. 종이에는 군경 가족임을 보증한다는 메모와 수혁의 서명, 부대 연락처가 적혀 있었다. 이것 덕분에 옥희는 이미 한 번 목숨을 구했다. 마을 사람들이 모조리 죽은 그날.

옥희가 종이를 꼭 움켜쥐더니 이내 꼬깃꼬깃 접어 품속에 넣었다. 수혁은 지프로 옥희를 언니의 집까지 바래다주었다.

"수혁아, 잠깐 들어왔다 갈래?"

돌아서는 수혁의 등 뒤로 옥희의 목소리가 건너왔다. 수혁은 대답 없이 장교복 외투 깃을 세우고 다시 지프로 돌아왔다. 차를 몰고 빨리 떠나야했다. 옥희에게 따뜻한 위로라도 듣게 된다면 무너져 내릴 것 같았다. 저 멀리 항구의 불빛들이 바닷물 위로 흔들렸다.

# 15

# 슬픈 모험 놀이

낮에 나온 반달은 하얀 반달은
해님이 쓰다 버린 쪽박인가요
꼬부랑 할머니가 물 길러 갈 때
치마끈에 딸랑딸랑 채워줬으면

옥희가 흥얼거리는 노랫소리가 희미하게 들리더니 아이들의
웃음소리가 울려 퍼졌다.
　－ 야, 현수혁 너 반칙!
　－ 반칙은 무슨, 히히히.
하늘에 번지던 감귤빛 노을. 그리고 그 노을 속을 내달리는 세

명의 아이들…. 수혁은 중대본부 행정실 책상에서 꾸벅꾸벅 졸고 있었다. 옥희를 만난 뒤 일주일이 지났다. 속이 더부룩해 점심 식사도 거른 터지만, 며칠 동안 제대로 잠을 자지 못해 졸음을 견딜 수가 없었다. 행정병이 타자를 치다 말고 하품을 했다. 벌겋게 달아오른 무쇠 난로에는 주먹탄이 훨훨 타오르고 있었다.

난로에서 나는 소리인지 획획 바람이 부는 듯한 소리가 졸고 있는 수혁의 귓가에 희미하게 울렸다. 수혁은 꿈을 꾸고 있었다. 바람에 머리칼을 휘날리며 자랑스럽게 으스대고 있는 한 남자아이, 어린 시절의 준규였다. 준규가 천연 동굴 앞에서 자랑스럽게 서 있었다.

– 여기는 아무도 찾지 못할걸? 이제 우리 셋만 아는 비밀 장소다.

– 좋아! 여기를 우리 삼총사의 아지트로 정하자.

옥희가 수혁과 준규를 번갈아 보며 해맑게 미소 지었다. 아이들이 히히 웃었다. 동굴 속에 울려퍼지는 웃음 소리….

수혁이 눈을 번쩍 뜨고 의자를 넘어뜨리며 벌떡 일어났다. 행정병이 자세를 고쳐 잡더니 의아한 눈빛으로 수혁을 올려다보았다. 수혁이 창문을 확 열어젖히자 찬 바람이 들이닥쳐 좁은 사무실을 휘감았다. 바람이 얼굴을 때리자 수혁은 그 어느 때보다 정신이 명료해졌다.

'그래, 맞아! 놈들은 아마 거기 숨었을 거야.'

멀리 보이는 한라산을 한참 노려보던 수혁은 행정병을 돌아보며 일렀다.

"1, 2소대장 둘 다 찾아보고 수송관도 들어오라고 해."

잠시 뒤 긴장한 얼굴의 소대장들이 사무실로 들어섰다.

"빨리 전원 무장한 채 연병장에 대기하라고 해. 지금 당장 긴급 작전을 나갈 거다."

"넵!"

수혁의 명령에 소대장들은 신속하게 병사들을 집합시켰다. 1, 2소대는 특별히 이북 출신의 사병이 많은 소대였다. 현지에서 차출된 제주도 출신 병사들은 무장대 소탕 작전에 소극적인 태도를 보이기 일쑤였다. 그러나 공산당에 쫓겨 남하한 이북 출신의 청년들은 달랐다. 남한에 일가친척 하나 없는 혈혈단신인데다가 공산당에게 가족을 잃은 이가 많은지라 무장대 소탕이라면 물불을 가리지 않았다.

"이런 날씨에 무슨 수색이람."

내무반에서 휴식을 취하던 병사들은 투덜거리며 연병장에 집합하기 시작했다. 진눈깨비가 조금씩 날리고 있었다. 연병장에는 군용 트럭 두 대가 대기하고 있었고 소대원들이 하나둘 모여 대오를 갖추기 시작했다. 트럭 앞쪽으로 지프가 시동이 걸린 채 선탑자인 수혁을 기다리고 있었다.

수혁은 연대장에게 보고를 했다. 연대장은 지휘봉을 흔들더니 자리에서 일어섰다. 낮잠이라도 잤는지 게슴츠레한 눈이었다.

"이봐, 현 중위. 그거 확실한 정보야?"

"확실한지 아닌지는 수색을 해봐야 알겠지만 충분히 가능성이 있습니다. 일단 작전을 허락하여 주십시오."

"좋아, 잘 찾아봐. 적의 인원이 많을 경우 곧바로 지원 요청을 하고. 현 중위, 폭도들에게 자비란 없어! 한 놈도 남기지 말고 그냥 빗자루처럼 싹싹 쓸어버려!"

"알겠습니다."

"대통령 각하도 자꾸 제주도 말씀하시고 위에서도 쪼고 나도 죽겠다. 야, 현 중위. 잘하자!"

"넵."

수혁이 경례를 마치고 복도로 나왔다. 빠른 걸음으로 연병장으로 향하는데 중대 서무병이 수혁의 앞으로 뛰어왔다.

"중대장님, 어떤 분이 면회 왔습니다. 지금 위병소에 대기 중입니다."

"뭐야? 지금 바빠 죽겠는데 누구야?"

"잘 모르겠습니다. 여자분이던데요."

수혁이 복잡한 표정을 짓더니 고개를 끄덕이고 위병소로 발걸음을 돌렸다. 연병장에 집합한 병사들은 희끗희끗 휘날리는 진눈깨비 속에서 소대장의 선도 하에 군가를 부르고 있었다.

위병소에 딸린 간이 면회실을 가보니 옥희가 조잡한 나무 탁자를 앞에 두고 다소곳이 앉아 있었다.

"웬일이야? 여기까지."

수혁은 건너편 나무 의자에 털썩 앉았다. 옥희가 눈을 내리깔고 나직하게 대답했다.

"사실 너한테 할 말이 있어서 왔어."

수혁이는 평소답지 않은 옥희의 태도에 신경이 쓰였다.

"그래? 내가 지금 바빠서 그러는데 짧게 얘기해. 무슨 일인데?"

"수혁이 네가 준규에 대해서 오해하는 게 있어. 준규가 전에 서북청년단 사람을 죽였다면서? 사람들은 그것 때문에 준규가 무장대와 한패라고 생각하지만 너도 잘 알잖아? 준규는 절대 그런 애가 아니라는 거. 만에 하나, 만에 하나 말이야. 준규가 만약 그랬다면 그건… 그건, 아마 실수였을 거야."

"너 지금 그걸 말이라고 하는 거야?"

수혁은 의도를 알 수 없어 잠자코 옥희를 바라보았다.

"수혁아, 너희 가족 일도 그래. 결코 준규가 그런 일에 가담할 리가 없어. 더구나 너희 어머니를…. 그럴만한 품성이 못 돼. 어릴 때부터 봐 왔잖니? 어떤 오해가 있는 게 아닐까? 잘 생각해봐."

옥희가 슬그머니 손을 내밀어 수혁의 손을 잡았다. 따스한 온기가 전해졌다. 수혁은 잡힌 손을 빼지 않고 눈을 감고 생각에 잠겼다. 옥희의 말이 틀린 것은 아니었다.

'그래, 개미 한 마리 죽이지 못하던 녀석이긴 했지….'

짧은 시간 많은 상념이 밀려왔다. 어린 시절 준규의 도시락을 싸주던 일, 함께 친형제처럼 울고 웃으며 지내던 추억들이 스쳐 지나갔다. 사랑하는 옥희가 결국 준규를 선택해 쓰라렸지만, 수혁의 우정은 사랑을 뛰어넘어 그 둘을 축복하지 않았던가.

그러나 이념은 사람을 얼마든지 변화시킬 수 있었다. 준규가 무슨 생각으로 그랬는지 몰라도, 얼마든지 변할 수 있는 것이 사람이고, 무슨 짓이든지 저지를 수 있는 게 사람이었다. 준규가 서청 단원을 죽였다는 기록이 분명히 남아 있었다. 목격자도 있었다. 삼촌 갑룡이 자신에게 거짓말할 리는 없었다. 게다가 준규는 평소에도 무장대 지도자 춘삼이를 친형처럼 따랐다. 우연이라고 하기에는 모든 시곗바늘이 한 방향만을 가리키고 있었다.

'이놈아, 친구를 잘 사귀어야지! 이놈아!'

갑룡의 분노에 찬 목소리가 귓전을 울리면서 수혁은 현실로 돌아왔다. 다시 차가운 얼굴이 돼 옥희의 손을 천천히 밀어냈다.

"돌아가. 옥희 너는 여전히 준규 편만 드는구나. 내가 알던 준규는 홀어머니를 모시고 열심히 살며, 늘 이웃에게 베풀고 친구를 배려하는 착하고 꿋꿋한 아이야. 그러나….”

수혁은 목이 메어 잠시 머뭇거리더니 말을 이었다.

"그러나, 준규가 우리를 버리고 폭도들을 따라 입산하는 순간, 너와 내가 알던 준규는 죽은 거야. 나는 사람을 함부로 죽이는 빨갱이 따위는 친구로 둔 적 없어!”

"수혁아."

"이준규, 김춘삼 그 짐승만도 못한 녀석들 때문에 우리 아버지, 어머니, 형이 죽었어. 네 친구 말숙이도 따지고 보면 빨갱이들 때문에 죽은 거야. 네가 계속 그 빨갱이 편을 들면 나도 이제 네 얼굴 안 봐."

"현수혁, 이 바보야! 그게 아니야, 아니라고!"

옥희는 두 손으로 얼굴을 가리며 흐느꼈다.

"준규가… 오죽했으면 그랬겠니. 오죽했으면…. 그 착한 애가…."

옥희의 빈곤한 하소연에 수혁은 콧방귀를 뀌었다. 고작 감정에 호소하려고 여기까지 온 건가, 이 애는. 그즈음 수혁도 변해가고 있었다. 하루가 멀다 하고 술을 입에 댔으며 취기가 오르면 산에서 내려온 사람들을 임시 수용한 포로 천막으로 달려갔다. 대개 경찰과 서청의 횡포를 피해 입산했던 주민들이었지만 수혁은 아무나 마구 발로 걷어차며 행패를 부렸다. 노인이고 젊은 사람이고 닥치는 대로 짓밟곤 했다.

'이 빨갱이들아! 똑바로 앉아. 수틀린 새끼 있음 나와! 내가 가만두지 않을 거야. 너희들은 어차피 다 총살이야!'

가족의 참혹한 죽음은 맑고 얌전하던 청년 장교 수혁의 영혼을 서서히 오염시켰다. 권총을 꺼내 들고 행패를 부리는 수혁을 보며 사람들은 공포에 떨었다. 보초를 서던 병사들도 겁을 집어먹고 슬금슬금 피했다.

수혁은 옥희의 얼굴을 묵묵히 쳐다보다가 자리에서 일어났다. 진눈깨비는 흰 눈이 돼 한층 더 어지럽게 날리고 있었다.

"옥희야, 어서 돌아가. 눈발이 점점 짙어진다. 난 지금 작전 나가야 돼."

옥희는 옷소매로 눈물을 찍으며 수혁을 올려다보았다. 옥희를 똑바로 내려다보며 수혁이 이죽거렸다.

"슬슬 모험 놀이를 가볼까?"

순간 옥희의 얼굴이 하얗게 질렸다.

"수, 수혁아. 너 지금 뭐라고 했어?"

수혁은 옥희의 얼굴에 번져가는 당혹감을 놓치지 않았다.

"응! 모험 놀이! 너도 알잖아."

수혁은 짧게 내뱉고는 면회실 문을 벌컥 열고 나갔다. 옥희가 수혁의 뒷모습을 보며 곱씹었다.

"모험… 놀이라고?"

수혁이 오자 병사들은 기다렸다는 듯 하나둘 군용 트럭에 올라 탔다. 두 대의 트럭이 부릉거리며 시동을 걸었다. 수혁이 지프에 오르자 부대 병력은 출발을 시작했다.

옥희는 돌아가지 않고 정문 위병소 옆에서 서성거리다가 지프가 다가오자 손을 흔들었다. 운전병이 수혁을 돌아보며 물었다.

"중대장님. 저 아가씨가 지금 중대장님을 부르는 것 같은데요?"

"그냥 가, 인마."

지프는 옥희 곁을 지나치며 정문을 벗어났고 군용 트럭이 뒤를 이었다. 옥희가 트럭의 꽁무니를 향해 뛰었다.

"안 돼! 수혁아, 잠깐만! 잠깐만!"

수혁은 힐끔 백미러로 그 모습을 쳐다보았다. 옥희가 무언가를 외치며 달려오고 있었다. 수혁은 눈을 질끈 감았다. 옥희의 모습이 아득하게 작아졌다.


수혁은 산기슭에 부대를 정렬시켰다. 바람이 점점 맵찼다.

"자, 이제부터 폭도들이 은신해 있을 것으로 추정되는 동굴을 찾아간다. 연대장 각하의 내락을 받았으니 저항하는 무장 폭도들은 즉시 사살해도 좋다."

수혁이 선두에 서고 부하들이 뒤를 따랐다.

'준규야, 우리 이제 제대로 된 모험 놀이를 해보자꾸나. 너는 반드시 거기 있어야 돼. 반드시….'

수혁과 부하들은 눈이 쌓이는 산길을 몇 번이나 미끄러지면서 산등성이를 올랐다. 적막한 산속의 앙상한 나무들 사이로 눈보라가 몰아쳤다. 수혁은 옥희의 당혹스러운 표정을 떠올리며 그 옛날 함께 갔던 그 동굴 속에 준규가 숨어 있을 거라고 확신했다. 숨이 벅차왔다.

'어머니, 힘을 주세요! 이 원수를 꼭 갚게 해주세요.'

언덕길 양옆으로 무성한 잡초들이 바람에 스칠 때마다 눈가루를 뿌옇게 뿌려댔다.

"저기 어디쯤 너럭바위가 있어야 하는데…."

한참을 오른 수혁이 주변을 살피며 혼잣말로 중얼거렸다. 뒤를 바짝 따르던 임 소위가 투덜거렸다.

"중대장님, 얼마나 더 올라가야 합니까?"

"잠깐!"

과연 멀리 너럭바위가 보였다.

"거의 다 왔어. 자, 이제부터는 다들 긴장해!"

눈이 무릎까지 퍽퍽 빠졌다. 이 추위에도 등 뒤에 식은땀이 흘러내렸다.

'맞아. 여기 어디쯤 옥희가 신을 비탈 아래로 떨어뜨렸어. 그 밑을 내려가 찾다 보니 수풀로 교묘하게 우거진 동굴을 발견했지.'

근처를 낱낱이 수색했지만 세월만큼 강산도 변한 탓에 어느 지점인지 헷갈려 동굴을 찾지 못했다. 그토록 거세던 바람도 어느새 멈추고 사방이 고요했다. 헉헉대는 부대원들의 숨소리만 산속에 울려 퍼질 뿐이었다. 잠시 자리에 멈춰서 이마에 맺힌 땀을 닦아내던 수혁은 결국 손을 들고 부대원들을 멈추어 세웠다.

"잠시 이 자리에서 십 분간 휴식한다. 부대, 휴식!"

"휴식!"

부대원들이 이곳저곳에 주저앉아 숨을 골랐다. 수혁도 어느 그루터기 위에 걸터앉았다. 곁에 앉은 임 소위가 눈치를 살피며 말했다.

"금세 날이 어두워질 겁니다. 오늘은 그만 철수하시죠."

수혁은 아무 대답도 하지 않았다.

'결국 또 실패인가? 김춘삼, 이준규. 대체 어디에 숨은 거냐.'

먼 봉우리들이 사위어가는 햇살 속에 희미하게 빛났다.

그때 어디선가 한 줄기 바람이 불어왔다. 가느다랗게 떨리는 소리를 내며 바람이 울고 있었다. 바람 속의 또 다른 바람…. 이 소리다! 벌떡 일어난 수혁이 미친 듯이 비탈 아래로 손을 헤치며 내려갔다.

"중대장님, 어디 가십니까?"

"쉿!"

수혁은 수풀을 마구 헤치고 잡목을 꺾으며 귀를 기울였다. 다시 들려오는 바람 소리. 새가 우는 듯 귀신이 우는 듯 희미하게 울리는 이 소리. 저쪽이다!

뒤엉켜 자란 겨울 싸리나무들을 더듬어 가다 보니 어느 순간 바람이 휘이잉 괴성을 지르며 수혁의 얼굴을 덮쳤다. 그 옛날 준규의 얼굴을 덮치던 바람이었다. 수혁이 눈을 질끈 감았다 떴다. 드디어 그 옛날 모험 놀이를 하던 동굴이 모습을 드러내고 있었다.

안에서 춘삼과 준규가 숙덕이는 소리가 새어나오는 듯 했다. 수혁은 권총을 꺼내들며 꿀꺽 마른침을 삼켰다. 그리고 부하들을 향해 손을 흔들었다.

# 16

# 돌아온 준규와 낯선 청년

탕탕, 탕!

타앙!

총소리에 겨울 꿩들이 푸드득 하늘로 오르고 산자락에 흰 눈발이 흩날렸다. 옥희는 넋 나간 얼굴로 총성이 들려오는 하늘을 돌아보았다. 마을 사람들은 또 한 번 숨을 죽였다. 어느 아낙네는 습관처럼 어린아이를 안고 방에 들어가 귀를 막았다. 풀죽이라도 끓이기 위해 나무를 베던 농부가 멍한 눈을 들어 소리가 나는 쪽을 바라보았다. 총소리가 들리고 마을이 불타는 일은 그즈음 제주에서 흔한 일이었다.

마을 사람들 사이에 흉흉한 소문이 떠돈 것은 며칠 뒤부터였다.

"수혁이가 군인들을 이끌고 동굴에 숨은 준규와 산사람들을 모조리 쏴 죽였대."

"아냐, 준규는 총을 맞고도 달아났나 봐. 춘삼이는 진작 북한으로 도망쳤대."

그날 이후 수혁은 군 병원으로 후송되었다. 어깨에 총상을 입은 상태였다. 몇 달 뒤 퇴원을 했지만 어찌 된 영문인지 군사 재판에 넘겨졌고 한동안 유치장에 수감되었다가 불명예 전역으로 군문을 나서게 되었다.

수혁의 부대가 동굴을 급습한 그날 무슨 일이 있었는지 마을 사람들은 잘 알지 못했다.

준규는 한동안 산에 숨어 지내다가 당국에 자수를 했고 재판에서 십 년 형을 언도받았다. 자수를 해도 총살을 당하던 시절이었고, 감옥에서도 무수한 사람이 목숨을 잃었다. 이 년 후 한국전쟁이 발발했다. 사람 목숨이 파리만도 못하던 기막힌 세월이 계속되었고, 사람들은 아무도 준규의 귀환을 기대하지 않았다.

준규에 대한 소문은 감옥에서 그를 보았다는 누군가의 입에서 흘러나와 다른 이들의 입을 통해 조용히 퍼져나갔다. 수혁이 준규의 어머니를 쏘아 죽였으며 준규 또한 자신의 어머니를 죽인 수혁에게 반드시 복수할 것이라고 했다는 섬뜩한 내용이었다. 그러나 그마저도 세월이 지나며 잊혔다. 아니, 사실은 아무것도 잊히지 않았다. 그저 제주 사람들이 그날의 이야기 자체를 꺼리는 것뿐이었다. 그 뒤로도 제주 사람들은 한참 동안이나 숨죽여 살았다. 한 다리만 건너면 집안의 누군가는 반드시 그날 죽었음에도, 가을이 접어들 무렵부터 동백꽃이 완연히 질 때까지 집집마다 울려 퍼지는 구슬픈 흐느낌조차 조용히, 바람의 울음처럼 조용히, 진행되었을 뿐이다.

그리고 십수 년이 지난 오늘, 준규가 귀신처럼 홀연히 마을에 나타난 것이다. 혼자가 아닌 수상한 젊은이와 함께였다. 마을 사람들은 불안에 떨었다. 입밖으로 드러내지만 않았을 뿐 참혹했던 세월은 여전히 그들의 마음속에 현재 진행형이었다.


터벅터벅, 가까워져 오는 낯선 발걸음 소리에 수혁은 감았던 눈을 떴다. 끼이익, 사립문을 밀어 젖히는 소리가 들렸다. 수혁은 눈을 부릅뜨고 사립문께를 바라보았다. 서서히 준규가, 준규의 얼굴이 드러났다. 한때는 그토록 죽이고 싶었던 오래된 친구가.

앳된 준규는 이제 없었다. 새까만 수염이 텁수룩하게 뒤덮인 준규는 세파에 시달려 깡말라 있었다. 눈가도 움푹 꺼져 인상도 험악해 보였다. 그래도 형형한 눈빛만은 그대로였다. 준규를 뒤따라 들어오는 짧은 머리 청년은 묵직해 보이는 군용 더플백을 어깨에 비스듬히 둘러멨다. 마당을 훑어보는 청년의 눈빛은 초점이 없어 보였다. 둘 다 낡고 물 빠진 군복을 입고 군화의 발목을 반쯤 자른 신발을 신은 초췌한 몰골이었다. 수혁은 자리에서 일어났다. 마당으로 들어서던 준규는 수혁을 보더니 그 자리에 멈춰 섰다. 두 친구의 눈이 마주쳤다. 눈빛이 얽히고 있었다.

동이와 송이는 방문 틈으로 지켜보며 와들와들 떨었다.

"왔다, 왔어! 아버지가 말한 그 사람인가 봐."

동이는 침을 꼴깍 삼키며 빨래방망이를 움켜쥔 손에 힘을 주었다. 행여 아버지를 해칠까 하는 두려움에 저도 모르게 핑그르르 눈물이 돌았다. 덕배 아저씨라도 부르고 싶었지만 무서워서 발걸음이 떨어지지 않았다. 겁 많은 덕배 아저씨는 불러도 오지 않을 것 같았다. 송이도 여차하면 달려들어 저 사람들을 깨물 참이었다.

살벌한 공기와 함께 무거운 침묵이 흘렀다. 수혁이 먼저 나직이 말했다.

"어이, 준규 왔는가?"

수혁의 목소리가 미세하게 흔들렸다. 준규는 시선을 돌리고는 터덜터덜 툇마루에 가까이 다가갔다. 한쪽 다리를 절고 있었다. 수혁 옆에 털썩 앉은 준규의 얼굴에 비감이 서렸다. 청년도 말없이 따라와 준규 옆에 섰다. 준규가 먼 하늘을 무심하게 바라보며 말했다.

"집에 술이나 있음 한잔 주시게."

이미 낮술을 했는지 준규의 목소리에 취기가 배어 있었다.

"알았네."

수혁이 성큼 부엌 쪽으로 걸어갔다. 수혁의 아내도 부엌에서 부들부들 떨면서 밖을 지켜보고 있었다. 구들장 옆에는 이미 작은 술상이 놓여 있고 가마솥에는 돼지고기가 삶아지고 있었다. 상 위에는 누런 주전자, 삶은 문어와 메추리알, 구운 고등어, 감자 등이 소담히 차려졌다.

"고기는 아직 안 되었어?"

"지금 하고 있어요."

고기 삶는 냄새가 마당에 고소하게 퍼졌다. 수혁은 둥그런 술상을 들고 밖으로 나왔다.

툇마루 위에 술상을 내려놓은 수혁은 술 주전자를 들어 막걸리 잔에 콸콸 채우더니 준규에게 건넸다. 준규는 기다렸다는 듯이 단숨에 쭉 들이키고 소매로 입가를 스윽 닦았다. 수혁은 옆에 있던 청년에게도 술잔을 건넸다.

"젊은 친구도 이리 와 앉아 한잔 받으시오."

청년은 서 있기만 할 뿐 대답이 없었다.

"받으시래도."

수혁은 청년을 쳐다보며 재촉했다. 준규가 청년에게 괜찮다는 눈짓을 보냈다. 그제야 청년이 몸을 수그리고 두 손으로 잔을 받았다.

동네 사람들이 삼삼오오 모여서 동이네 집 돌담을 넘성거렸다. 이장도 불안한 얼굴로 문 앞에서 기웃거렸다.

"세상에 준규가 살아 돌아왔어. 아이고, 이런 일이⋯."

"제 어미 죽은 거 복수하러 온 거 아냐? 저 인상 험해진 것 좀 봐. 그 착하고 순하던 애가."

준규를 기억하는 나이 먹은 축들은 저마다 한마디씩 하며 안타까워했다. 이장이 초조한 낯빛으로 입을 열었다.

"분위기가 아무래도 뭔 일이 터질 것 같아. 누가 지서에 좀 다녀오지 그래? 박 순경이라도 불러야 할 것 같아."

이장의 말을 들은 한 청년이 지서를 향해 뛰어갔다. 동네 사람들은 마당 안으로 들어갈 생각은 못 하고 문밖에서 수군거렸다.

이번에는 준규가 술잔에 술을 가득 따라 수혁에게 권했다. 수혁도 단숨에 술을 들이켰다. 다시 어색한 침묵이 이어졌다. 이윽고 수혁이 낮은 소리로 말을 꺼냈다.

"⋯면회도 못 가고 미안하네."

"면회는 무슨⋯. 나도 내가 살아 돌아올 줄 몰랐는데."

준규가 실없이 웃으며 대답했다. 준규는 갈증이 나는 듯 거푸 두 잔이나 술을 더 들이켰다. 한동안 멍한 눈으로 빈 하늘을 바라보던 준규가 입을 열었다.

"그동안 우리 어머니 산소 잘 보살펴줘서 참 고맙네."

"고맙긴. 자네 어머님이 내 어머님이지. 우린⋯ 친구 아닌가."

"친구⋯ 그래, 친구지, 친구."

준규가 쓸쓸하게 중얼거렸다. 동이는 아버지가 명절 때마다 이름 없는 산소를 돌보던 일을 기억해냈다. 누구 산소냐고 물어볼 때면 아버지는 별말이 없었다. 성스러운 의식을 치르듯 정성스레 벌초를 할 뿐이었다.

크흐, 희미한 울음소리가 들렸다. 동이가 놀라 눈을 크게 떴다. 고개 숙인 준규의 어깨가 조금씩 들썩거리기 시작했다. 수혁이 부드럽게 말을 건넸다.

"준규, 옥살이하느라 많이 힘들었지? 참 고생 많았네."

수혁의 말이 끝나자마자 기다렸다는 듯 준규가 울음을 터뜨렸다. 크흐흑. 수혁의 눈가도 금세 붉게 달아올랐다.

"실컷 울게. 이 사람아, 그때가 어디 사람이 만든 세월이었던가. 하늘이 심술이 나서 우리 제주 사람들에게 장난질한 게야."

수혁도 손등으로 눈물을 닦으며 준규의 등을 도닥였다. 준규는 고개를 푹 떨어뜨리고 서럽게 흐느꼈다. 급기야 툇마루 바닥을 주먹으로 탕탕 치며 통곡을 했다. 곁에 서 있던 청년도 끄윽끄윽 소리를 내며 숨죽여 흐느꼈다.

구경하던 사람들은 갑작스러운 상황에 어리둥절했다.

"아니, 저게 무슨 일이래?"

"지금 누가 울어? 준규가 우는구먼. 아이고, 불쌍도 하지."

카빈 소총을 메고 숨을 헐떡이며 지서에서 달려온 박 순경이 뜻밖의 광경에 주춤거리며 안경을 고쳐 썼다.

그날 수혁은 병사들을 이끌고 어린 시절 놀던 그 천연 동굴로 향했다. 동굴에 가까워질수록 눈보라가 거세게 몰아쳤다. 수혁과 군인들은 눈 덮인 숲속의 수풀을 헤쳐 나갔다. 군화 발자국이 하얀 눈 위에 어지러이 새겨졌다.

"어휴 힘들어! 이게 뭔 고생이야. 갑자기 바람은 왜 이렇게 불어 대는 거야. 얼어 죽겠네."

"간나들! 동굴에서 기어 나오면 모조리 쏴 죽이갔어."

날이 파랗게 서린 칼바람에 얼굴이 베이는 듯했다. 무성한 수풀을 한참 헤치고 나아가자 이윽고 잘 감추어진 작은 동굴이 눈앞에 들어왔다.

"햐, 이런 데 동굴이 다 있네."

소대원 한 명이 먹잇감을 찾은 맹수처럼 눈빛을 번득였다. 수혁은 병사들과 함께 동굴 입구를 에워쌌다. 수혁이 어금니를 깨물었다. 수혁의 손짓에 고참 하사관 한 명이 앞에 나섰다.

"여기 있는 거 다 안다. 폭도들은 당장 나와라!"

동굴 안을 향해 몇 번이나 소리쳤지만 공허한 메아리만 돌아올 뿐이었다.

"중대장님, 그냥 안으로 들어갈까요?"

소대장 임 소위가 약 오른 듯 씩씩거렸다.

"아냐, 잘못하면 우리가 당한다."

각종 총기로 무장한 폭도들이 어떻게 나올지 몰랐다. 섣불리 진

입하다가는 당하는 수가 있었다. 병사 하나가 꾀를 냈다. 동굴 입구에 불을 지피자는 것이었다.

"불?"

"말하자면 토끼를 잡는 거죠. 놈들은 연기에 못 배길 겁니다."

한 병사가 낄낄대며 맞장구를 쳤다.

"고거이 좋은 생각이구만. 나오면 총에 맞아 죽고, 안 나오면 숨이 막혀 죽고."

수혁이 고개를 끄덕였다. 병사들은 곧 주위의 나뭇가지를 잔뜩 긁어모았다.

"연대장 각하께서 무장 폭도들 사살하면 휴가를 주신다지 않았어? 딴짓하지 말고 열심히 모아 오라우."

병사들은 부지런히 동굴 입구에 불을 피웠다. 부연 연기가 피어올랐다. 과연 얼마 뒤 안에서 희미하게 쿨럭쿨럭하는 소리가 들렸다.

"쉿!"

동굴 안을 살피던 수혁이 긴장한 얼굴로 권총을 들었다.

"사격 준비!"

수혁이 명령하자 병사들이 일제히 몸을 수그리고 동굴 안으로 총구를 겨눴다. 수혁이 다시 소리쳤다.

"지금 자수하면 목숨은 보장한다. 지휘관이 약속한다. 폭도들은 어서 밖으로 나와서 투항하라."

이윽고 동굴 안에서 머뭇거리는 발자국 소리가 들리더니 곧 두 손을 든 수십 개의 그림자가 줄줄이 모습을 드러냈다.

"나온다, 나와!"

병사들은 긴장한 채 총을 겨누며 동굴 앞으로 조금씩 다가갔다. 거지꼴을 한 사람들이 동굴 밖으로 하나둘 나오기 시작했다. 다 떨어진 옷차림에 하나같이 초췌하고 지친 모습이었다. 사람들을 찬찬히 살피던 수혁의 눈이 커졌다. 과연 그들 속에 준규가 보였다. 이 새끼….

탕! 수혁은 허공에 공포를 한 발 쏘고 고함을 질렀다.

"이 폭도들아! 다들 이쪽으로 나와서 한 줄로 무릎 꿇어! 조금만 허튼 수작 부리면 바로 사살이다!"

병사들은 굴 밖으로 나온 사람들을 거칠게 내몰아 눈 위에 꿇어 앉혔다. 앉을 힘조차 없는 듯 비틀거리는 사람에게 무자비한 군홧발이 쏟아졌다.

"똑바로 앉으라우!"

"이 자식, 왜 꾸물거리는 거야?"

몇몇 병사가 동굴 안으로 들어가 수색하더니 한참 뒤 총기를 들고나왔다. 일본군이 남기고 간 낡은 99식 소총 두 자루였다.

수혁은 조금 의아했다. 들기로 폭도들은 일본군이 남기고 간 장총과 수류탄, 일본 군도 등을 갖춘 무장대라고 들었다. 그러나 눈앞에 보이는 것은 그저 병자처럼 보이는 서른댓 명이 전부였다.

대부분 나이가 많은 노인이거나 여자, 어린아이였고 그중에는 준규의 늙은 홀어머니도 있었다. 한결같이 철 지난 얇은 누더기를 걸쳤고, 얼굴에는 땟국물이 흘렀다. 얼마나 굶었는지 야윌 대로 야위어 흡사 해골 같은 모습들이었다. 더구나 동굴 안에서 발견한 99식 소총은 노리쇠가 녹슬어 제대로 당겨질지 의문일 정도였다.

수혁은 기이하다는 듯이 혼잣말로 중얼거렸다.

"뭐야? 이, 이게 무장대야?"

동굴에서 나온 사람들은 수혁과 병사들을 보고 벌벌 떨며 애원했다.

"군인 나으리, 살려주십시오! 저희는 폭도들이 아닙니다."

"저희는 아무 죄가 없습니다!"

뜻밖에 철모를 눌러쓴 수혁을 알아보는 노인이 있었다. 노인은 수혁 앞으로 숨을 가쁘게 쉬면서 다가왔다. 병사들이 제지하려 했지만 수혁이 멈추라는 손짓을 했다.

"자네 날 모르는가? 날세. 건넛마을 과수원 박 초시. 내가 자네 아버지와 얼마나 친했는지 알지? 이보시게. 우린 그저 동굴로 피신 온 것뿐이라네."

박 초시라는 노인은 생전 수혁의 부친과 어울려 자주 바둑을 두던 친한 사이였다. 수혁은 외면하며 눈길을 피했다.

'흥, 그래봤자 당신도 지금은 폭도일 뿐이야. 당신들이 내 부모를 해친 거야!'

수혁이 고개를 외로 돌리고 아무런 반응을 하지 않자 한 병사가 달려들어 노인의 옆구리를 군화로 냅다 걷어찼다.

"이 영감탱이! 개수작 말고 돌아가라우!"

"어이쿠."

노인은 외마디 비명을 내며 쓰러져 군인들에 의해 힘없이 질질 끌려갔다. 누더기 차림의 준규는 고개를 폭 숙인 채 와들와들 떨고 있었다. 준규는 아이들을 제외하고는 제일 나이가 젊은 축이었다.

수혁은 권총을 들고 저벅저벅 준규 앞으로 걸어갔다. 준규는 인기척에 불안한 눈빛으로 고개를 들더니 수혁과 눈이 마주쳤다. 두려움에 떨던 준규의 눈빛이 순간 놀라움과 반가움으로 바뀌었다.

"수, 수혁이?"

"……."

"수혁아! 나야 나! 준규, 준규라구!"

수혁은 대답 대신 권총을 철커덕 준규의 이마를 향해 겨눴다. 준규의 얼굴이 새파랗게 질렸다.

"수, 수혁아?"

옆에 있던 준규의 어머니가 비명을 내뱉으며 준규의 앞을 막아섰다. 병사들이 준규의 어머니를 거세게 옆으로 밀어냈다. 수혁은 준규의 어머니에게는 눈길도 주지 않는 채 준규의 눈만 똑바로 쳐다보며 말했다.

"그래, 이준규. 내가 너를 죽이러 여기까지 왔지."

수혁의 눈빛이 번뜩였다.

"네가 우리 가족과 마을 사람들을 해쳤다지? 사람의 탈을 쓰고 어떻게 그런 일을…. 그러고도 네가 무사하길 바랬나?"

준규가 화들짝 놀라 두 팔을 크게 양옆으로 저었다.

"말도 안 돼! 내가 마을 사람들을 죽이다니? 더구나 너의 부모님을?"

"뭐?"

"우리는 그저 산사람들 꽁무니를 따라다녔을 뿐이야."

"거짓말하지 마, 이 자식아!"

"아냐! 수혁아, 절대 아냐!"

수혁은 준규가 격렬하게 부인하자 속으로 흠칫했다. 준규의 표정이나 목소리가 거짓이라기에는 너무나 당당했다. 수혁은 준규가 용서를 구하며 싹싹 빌 것이라 생각했다. 그래야 오히려 사살할 용기가 생길 것 같았다. 마음에 잔물결이 일기 시작한 수혁은 다시 한번 느리게 사람들을 둘러보았다. 예닐곱 먹은 여자아이를 끌어안은 아낙이 보였다. 품속의 아이는 추위와 굶주림에 죽어가는 것 같았다. 부목 댄 팔을 헝겊으로 동여맨 중년 남자도 보였다. 대부분은 여자와 노인들뿐이었다. 아무리 봐도 마을을 습격한 폭도로는 보이지 않았다.

준규의 홀어머니도 마른기침을 하며 애원하는 눈빛으로 수혁이를 쳐다보았다.

"얘, 수… 혁… 아."

준규의 어머니는 힘이 없는 건지, 놀란 건지 입술도 제대로 떼지 못했다. 준규가 울먹이는 목소리로 말을 이었다.

"내가 폭도라니! 너도 알다시피 난 사상 같은 거 잘 몰라. 그동안 육지에서 내려온 서청 사람들이 우리를 얼마나 괴롭힌 줄 알아? 나도 춘삼이 형과 친했다는 이유로 매일 끌려가 매를 맞았어. 여기 있는 분들 다 비슷한 이유로 가족과 함께 산으로 피신한 거야. 먹을 것을 구하기 위해 밤을 타 마을로 내려가긴 했지만, 무장대가 그렇게 사람들을 해치리라고는 꿈에도 몰랐다고."

"거짓말!"

수혁이 날카롭게 받아쳤다. 이때 준규 옆에 있던 소년이 볼멘 목소리로 입을 열었다.

"수혁이 형! 저 알죠? 저 형주예요."

누구지? 아, 장터거리에서 이발소를 하던 문 씨네 아들 형주였다. 공부를 빼어나게 잘해 도지사 표창까지 받은 적이 있는 똑똑하고 당찬 소년이었다. 시간 날 때마다 아버지의 일을 거들던 성실한 아이… 수혁도 이발하러 갈 때마다 눈여겨보곤 했다.

소년이 성난 눈빛으로 수혁을 보며 부르짖었다.

"산사람들과 말 한마디라도 나눈 사람이면 무조건 때리고 빼앗고 죽이려고 드니 우린들 어떻게 하나요? 산사람들이 내려와서 집에서 쌀이라도 한 톨 갖고 가면 그걸로 폭도들과 내통했다며 가족들까지 몰살시켰다고요. 우리 아빠는 영문도 모른 채 서청 사람들에게 맞아서 이제 귀도 안 들린다고요. 으흑."

수혁은 아까 팔에 부목을 댄 멍한 얼굴의 중년 남자를 쳐다보았다. 그제야 그가 소년의 아버지 이발사 문 씨고 그 옆에 있던 아낙이 그의 아내임을 알아봤다.

뒤이은 소년의 한마디가 수혁의 가슴을 후볐다.

"형도 서북청년회와 한패였어요?"

"뭐?"

"형도 그렇게 나쁜 사람이었냐고요!"

수혁은 그 말에 아찔한 현기증을 느꼈다. 소년은 악에 받친 듯 눈물을 펑펑 흘리며 절규를 했다.

"다 똑같아! 형도 그러면 안 되는 거잖아요!"

준규가 울음 섞인 목소리로 소년의 말을 이었다.

"그뿐만이 아니야. 가족 중에 한 명이라도 산에 올라간 사람이 있으면 군경 토벌대가 가족 전체를 모조리 죽였다고. 자수해도 죽이고, 안 해도 죽이니 어쩌겠어? 아무리 비루한 목숨이지만 우린 그저 살아 내려고 산으로 피신한 것뿐이야. 제발 우리를 살려줘."

준규는 격정이 차오르는지 눈물을 줄줄 흘렸다. 준규의 어머니도 흐느끼기 시작했다. 꼬마 아이 한 명이 겁에 질려 으앙 울었다. 하나둘 숨죽이던 울음소리가 점점 커져 눈보라 치는 산으로 메아리쳤다. 수혁의 눈빛이 심하게 흔들렸다. 상상했던 악귀 같은 살인마들은 없었다. 그저 공포에 질려 까만 눈동자만 끔뻑거리는 순박한 촌사람들이 있을 뿐이었다.

'아니다. 이건 아니다.'

수혁은 온몸에 서서히 힘이 빠지는 것을 느꼈다. 독한 술에 취했다가 이제야 제정신이 돌아오는 것 같았다. 수혁이 다시 물었다.

"넌 그러면 무장대가 우리 마을 사람들 죽일 때 뭐 했어? 왜 따라다녔어? 그때 우리 집에서 왜 나왔냐고!"

"그건…."

준규가 눈을 감았다. 준규는 매서워지는 눈바람을 얼굴에 그대로 맞으며 눈을 감은 채 나직이 입을 열었다.

# 17

# 그날의 진실

그날 밤 준규는 피신 온 다른 사람들과 함께 동굴 속에서 웅크려 자고 있었다. 매서운 산바람과 추위에 깊은 잠을 잘 수 없었다. 총을 멘 무장대원 한 명이 오더니 준규를 깨웠다.

"어이, 일어나봐."

"무슨 일입니까?"

옆에서 자던 준규 어머니도 부스스 일어나 겁에 질린 눈빛으로 무장대원을 쳐다봤다.

"자네 동촌 마을에서 살지? 며칠 전 죄 없는 인민들이 몰살당한 곳 말이야."

"네? 맞습니다. 그런데 무슨 일로?"

"거기로 우리를 좀 안내해야겠어. 우린 길이 좀 서툴러서 말야. 상부의 지시야. 곧 출발할 테니 어서 준비하게."

준규가 단호하게 고개를 가로저었다.

"사람을 해치고 총을 쏘는 일이라면 저는 하지 않겠습니다."

"아냐. 그냥 식량 좀 확보하려고 정찰 나가는 거야."

"정말입니까?"

"그래. 그래도 혹시 모르니 이 죽창은 들고 있어."

무장대원은 억지로 준규에게 죽창을 쥐여주었다.

그러나 정작 마을에 내려간 무장대는 한순간에 흩어지더니 일사불란하게 군경 가족들을 찾아다니며 마구 학살을 했다. 준규가 말릴 새도 없이 이 집 저 집에서 불길이 솟아올랐다. 준규는 급한 대로 무장대 간부로 보이는 한 사내 앞을 가로막으며 나섰다.

"아니, 이건 아니지 않습니까? 같은 주민들끼리 이게 무슨 짓입니까?"

"비켜! 이에는 이, 피에는 피야!"

"그래도 이러면 안 됩니다. 이런 식이면 우리가 그들과 뭐가 다릅니까?"

그러자 그 사내가 구겨진 얼굴로 준규의 멱살을 거머쥐고 흔들었다. 그의 눈이 분노로 이글거리고 있었다. 실성한 사람처럼 이상한 열기로 가득 찬 눈빛이었다.

"너 이 새끼…. 김춘삼 대장과 친하다고 투쟁 거부하는 것도 봐

쳤더니. 내 부모를 죽였다고! 저리 안 비켜?"

그가 멱살 잡은 손으로 준규를 바닥에 확 밀어 쓰러뜨렸다. 그 제야 준규는 정신이 번쩍 났다. 지금 이러고 있을 때가 아니었다. 수혁이네 집부터 찾아가야 했다. 그 집이야말로 널리 알려진 군경 가족이 아닌가. 준규는 수혁의 집을 향해 다급하게 달렸다.

'안 돼, 막아야 돼!'

무장대원들이 수혁의 가족을 해치려고 한다면 몸으로라도 막 을 작정이었다. 아니, 차라리 자신을 대신 죽이라고 할 생각이었 다. 그러나 숨이 턱까지 차올라 수혁의 집 문을 열어 젖혔을 때는 이미 잔혹한 풍경이 펼쳐져 있었다. 마당은 피로 물들어 있었고 지붕에서는 검은 연기가 피어올랐다. 준규는 쓰러져 있는 수혁 부 모님을 일으켜 세웠다.

"아버님, 어머님!"

수혁의 부모는 움직임이 없었다. 그때 밖에서 콩 볶는 듯한 총 소리가 들리더니 누군가 소리쳤다.

"이봐! 검은 개들이 들이닥쳤어. 빨리 철수해!"

준규는 한동안 머뭇거리다가 대문 밖을 나섰다. 그러다 얼떨결 에 갑룡과 마주친 것이다. 갑룡이 수혁의 외삼촌이라는 사실을 알 았지만 우선 도망가는 수밖에 도리가 없었다.


수혁은 준규의 얼굴을 노려보며 호통을 내질렀다.

"이 자식아, 거짓말하지 마!"

"진짜야! 며칠 뒤 토벌 작전이 거세지자 그 사람들은 우리가 거추장스러운지 고장 난 총 달랑 두 자루만 던져놓고는 사라졌어. 그게 다야."

"준규, 너 그러면 서청 간부는 왜 죽였어? 게다가 옥희까지 버리고 너 혼자만 살겠다고 도망가?"

"그, 그건…."

준규가 말을 더듬으며 허둥댔다.

"빨리 말해! 이 빨갱이 자식아!"

불쑥 화가 치밀은 수혁은 권총부리를 준규의 턱 밑에 들이댔다. 준규는 말을 잇지 못했다. 양볼에 굵은 눈물만 줄줄 흘러내렸다. 옷소매로 눈물을 훔친 준규는 떨리는 목소리로 입을 열었다.

"가, 감찰부장이라는 그 자가 옥희를… 옥희에게 그 몹쓸 짓을…. 크흑. 죽이려고 한 건 아니야…. 나도 너무 화가 나 정신없이 주먹을 휘두르다 보니…. 그 자가 숨을 쉬지 않는 거야. 난 그날 그 사람을 업고 병원까지 뛰었어. 그런데 서청 사람들이 어머니를 죽이겠다고 해서 산으로 피한 거라고! 수혁아, 믿어줘."

준규의 절규에 수혁은 망치로 머리를 맞은 느낌이었다.

'뭐, 옥희에게?'

그게 아니라고 하면서도 차마 말을 잇지 못하던 옥희의 슬픈 눈망울이 떠올랐다. 머릿속에서 그간의 모든 일이 빠르게 정리되고 있었다. 예전에 준규의 집에서 행패를 부리던 검은 선글라스의 중년 남자가 떠올랐다.

'아아, 그놈이구나.'

그때 선글라스 남자는 반드시 복수하겠다는 눈빛으로 침을 뱉고 돌아갔다. 이 소란 통에 충분히 옥희를 범하고도 남을 인간이었다. 준규가 사람을 해칠 성정이 못 된다는 것을 수혁은 알고 있었다. 옥희도 차마 여자로서 수혁에게 그 치욕적인 사정을 세세히 말할 수 없었으리라. 그날 준규가 아니라 수혁이 그 자리에 있었더라면, 수혁은 과연 화를 참을 수 있었을까. 준규가 눈물 콧물이 범벅된 얼굴로 끅끅 울고 있었다.

"수혁아, 그래. 나는 벌 받아야지. 내가 벌 받을게. 내가 다 받을게. 대신 나는 어찌 되어도 좋으니 제발 우리 어머니와 다른 분들은 풀어줘. 이 어린아이들이 무슨 죄가 있겠니? 수혁아, 제발 그냥 나 하나만 죽여. 그냥 내가 두목이라고 해."

"시끄러 인마!"

수혁은 들었던 권총을 찬찬히 내렸다. 준규 뒤로 동굴 입구가 보였다. 어린 시절 옥희와 함께 셋이서 손잡고 동굴로 들어가던 추억들이 눈앞에 그려졌다. 까르르 해맑던 그 아이들의 웃음소리가 귓가에 들리는 것 같았다.

'마냥 행복하던 우리 셋은 왜 이렇게 되었을까?'

고개를 숙인 수혁의 군화 위로 저도 모르게 자괴감의 뜨거운 눈물이 투둑 떨어졌다. 그제야 수혁은 눈이 떠지고 귀가 열리는 것 같았다. 자신을 빤히 쳐다보며 코를 흘리는 야윈 아이의 맑은 눈동자가 보였다. 계곡의 얼음 밑으로 흐르는 또르르 냇물 소리, 나뭇가지가 위에서 사부작 떨어지는 눈 소리도 들렸다. 그리고 바람의 소리가, 수혁의 얼굴을 어루만져주는 바람의 소리가 들려왔다. 그전에는 왜 이 모든 것들이 들리지 않았을까.

'내 새끼. 우리 착한 아들 수혁아, 그동안 많이 힘들었지? 아프진 않았니?'

인자한 어머니의 목소리도 바람결에 묻어나는 것 같았다.


수혁이 긴 숨을 토해냈다. 하얀 입김이 속절없이 퍼져 나와 흩어졌다. 병사들의 눈은 수혁에게로 쏠려 있었다. 수혁은 무겁게 입을 열었다.

"내가 보기에 주도자들은 다 도망갔다. 이들은 아무것도 모르는 마을 사람들이다. 우리는 그냥 돌아간다. 대한민국 군인은 결코 무고한 양민을 해치지 않는다."

병사들 사이에서 소요가 일었다. 불만 가득한 목소리들이 여기저기서 들려왔다. 어쩔 수 없는 일이었다. 비난을 피하기 위해 죄 없는 사람들을 죽일 수는 없는 노릇이었다. 수혁은 어금니를 꽉 물었다. 째진 눈의 병사 한 명이 나서서 수혁에게 따지듯 물었다.

"아니, 중대장님. 이게 말이 됩니까? 지금 이 빨갱이들 말을 믿습니까?"

기다렸다는 듯 다른 병사도 수혁을 노려보며 씨근거렸다.

"우리 가족은 니북에서 이 빨갱이들에게 다 몰살당했습네다. 내레 이 빨갱이들 씨를 말리러 일부러 입대해서 이 섬까지 왔디오. 이 간나들을 절대 살려둘 수 없습네다. 중대장님, 명령을 거두어주시라요!"

병사들의 눈빛이 하나같이 벌겋게 이글거렸다. 수혁은 그들의 눈길을 고스란히 받으면서도 꿈쩍하지 않았다. 한편으로는 오싹하기도 했다. 힘없고 약한 먹이를 눈앞에 둔 굶주린 짐승의 눈빛. 병사들의 눈빛은 왠지 사람의 그것이 아닌 것 같았다. 수혁은 애써 침착함을 잃지 않고 다시 부하들을 타이르기 시작했다.

"다시 말하지만 이들은 그저 무장대를 따라 피난 온 사람들이다. 해방 조국의 군인은 함부로 국민들을 해쳐선 안 돼. 사후 조치는 내가 책임지고 알아서 하겠다. 자, 이만 철수한다. 알겠나?"

수혁의 목소리는 차분했지만 서릿발처럼 준엄했다. 병사들은 어쩔 줄 몰라 서로 얼굴만 쳐다보았다. 몇몇 제주도 출신 병사들만 수긍한다는 듯 고개를 주억거렸다. 수혁은 한 번 더 부하들을 둘러본 뒤 동굴에서 나온 사람들을 향해 큰 목소리로 말했다.

"자, 여러분들은 자수할 준비를 하시오. 언제까지 이러고 있을 수 없습니다. 일단 절차를 밟아야 하니 내가 책임지고 당국과 중재를 해보겠습니다. 아직 수용 준비가 안 되어 있으니 하루만 참고 더 기다리십시오."

"휴, 살았다!"

수혁의 말에 사람들은 안도의 한숨을 쉬며 서로 껴안았다. 어떤 아낙은 굶주려 뼈만 남은 아이를 부둥켜안으며 흐느꼈다.

"아아, 얘야! 우리 이제 살았어!"

"장교님, 고맙습니다. 정말 고맙습니다!"

준규도 수혁에게 목멘 소리로 말을 건넸다.

"수, 수혁아. 고맙다, 정말 고마워."

"준규야, 고생했다. 우선 어머니부터 잘 모셔."

# 18

# 흩날리는 꽃잎들

그때, 어디선가 철커덕 총을 장전하는 소리가 들리더니 땅딸하고 다부진 하사관 한 명이 다가와 수혁이 앞을 가로막고 섰다.

"아니지오, 그래도 이건 아니지오. 중대장님, 아무리 중대장님이라도 빨갱이 편을 들면 중대장님도 빨갱이가 되는 거이디요."

그는 총구를 수혁에게로 겨누는 듯 하더니 이내 사람들 쪽으로 돌렸다.

"이놈들은 총기를 소지했으니 무장대입네. 그냥 두면 다 도망갑네. 날래 즉결 처형해야 합네다."

땅딸보가 총을 겨누자 일순간 고요가 찾아왔다. 병사들 사이에서도 팽팽한 긴장감이 흐르고 있었다. 조금 전까지 환호하던 사람들은 숨소리도 내지 않은 채 수혁을 바라보았다. 수혁이 버럭 소리를 내질렀다.

"지금 뭐 하는 거야? 자네 상관의 명령을 거역할 셈인가!"

땅딸보는 아랑곳없이 준규를 향해 총구를 조준했다.

"저놈부터 없애야 합네다. 저놈은 이미 청년단 간부를 죽인 걸 스스로 실토하지 않았습네까? 즉결 처형해야디요. 자수한 놈들도 아니고 우리가 사로잡은 놈들입네다."

"설사 그렇다고 하더라도 이들은 비무장이다. 재판에 넘겨 법의 심판을 받게 하면 된다. 흥분하지 말고 빨리 그 총을 내려놔."

수혁이 누그러진 목소리로 땅딸보에게 달래듯이 말했다. 그러나 땅딸보의 눈에는 여전히 살기가 어른거렸다.

"재판은 무슨 재판입네까? 지금은 연대장 각하의 명을 받들어 초토화 작전 중입네다. 빨갱이가 한 명이라도 나온 마을은 불태워 없애는데, 산에 은신한 빨갱이들은 당연히 총살이지요. 저는 그냥 못 내려가겠습네다."

그러자 수혁도 눌렀던 분노가 폭발했다.

"이 자식이! 명령 불복종은 어떻게 되는 줄 알아?"

수혁이 권총을 불쑥 뽑아 땅딸보에게 겨눴다. 땅딸보는 쏴보라는 듯 입가에 차가운 웃음을 흘리더니 준규를 향해 방아쇠를 당겼다.

"안 돼!"

그 순간 수혁이 달려들어 땅딸보의 총부리를 잡았다. 탕, 총소리가 허공을 향해 울려 퍼졌다. 수혁은 땅딸보와 함께 눈 바닥에 나뒹굴었다.

탕! 총소리가 다시 뒤를 잇고 수혁의 어깨에 붉은 피가 치솟았다. 수혁이가 단발마 비명을 지르며 쓰러진 채로 피가 흐르는 한쪽 어깨를 부여잡았다.

"당장 그만두지 못해! 준규야, 빨리 피해. 다들 빨리 도망가란 말이야!"

"수혁아!"

준규는 어쩔 줄 몰라 머뭇거리더니 이내 어머니를 일으켜 부축했다. 놀란 사람들이 하나둘 몸을 일으켜 주춤주춤 흩어지기 시작했다. 형주도 아버지, 어머니의 손을 잡고 뛰기 시작했다.

"이 간나 새끼들! 어딜 가!"

땅딸보가 다시 몸을 일으켜 세우더니 준규를 겨냥했다. 수혁이 기다시피 몸을 끌어 땅딸보의 발목을 잡아당겼다. 탕! 균형을 잃은 총구는 이번에도 빗나갔다. 수혁은 있는 힘을 다해 땅딸보의 허리를 부둥켜안았다. 지켜보던 임 소위가 나서서 개머리판으로 수혁의 철모를 내리쳤다.

"이 자식! 어쩐지 같은 제주도 놈이라서 수상했어. 이제 보니 너도 빨갱이야. 본부에 보고하겠어!"

수혁은 머리를 감싸 쥐고 고꾸라졌다. 철모가 바닥에 나동그라졌다. 깨질 듯한 고통이 몰려들었다.

'제발 안 돼, 안 된다고!'

탕! 탕! 탕! 임 소위를 필두로 한 몇몇 병사들이 기어가다시피 흩어져 도망가는 사람들에게 조준 사격을 해댔다. 비치적 비치적 도망던 사람들이 하나둘 쓰러졌다. 제주도 출신 병사들은 동료들을 가로막으며 말렸다.

"이봐, 그만둬. 왜 쏘는 거야!"

크고 작은 실랑이가 벌어졌다. 나이 어린 제주도 출신 병사 한 명이 눈물을 펑펑 쏟으며 절규했다.

"안 돼요. 제발 쏘지 말아요. 저 사람들이 무슨 죄가 있어요? 이건 아니에요!"

준규의 부축으로 가까스로 발걸음을 옮기던 준규의 어머니도 총을 맞았다. 어머니를 일으키던 준규의 옆구리와 허벅지에도 붉은 피가 솟구쳤다.

으악! 준규는 산비탈 아래로 미끄러져 굴렀다. 몇몇은 용케 군인들의 시야 밖으로 벗어났다. 굶주림에 지친 아이들은 도망갈 힘도 남아 있지 않았다. 엄마 손에 질질 끌리다시피 가던 아이도 있었고, 엉금엉금 기어가는 아이도 있었다. 뒤이은 총탄에 아이들은 흩날리는 꽃잎처럼 아스라이 스러져갔다. 새하얀 눈밭에 뿌려진 붉은 핏자국이 바닥에 떨어진 동백꽃 송이들 같았다. 붉디붉은 동백꽃들이 바닥에 낭자하게 흩뿌려져 있었다. 푸른 연기와 함께 화

약 냄새가 좌악 퍼졌다. 정신이 혼미해져가는 수혁의 눈앞에 총구 불빛이 물감처럼 이지러졌다. 핏빛 같기도 했다. 사람의 울부짖음과 성난 짐승의 소리가 뒤엉켜 들렸다. 눈앞에 보이는 건 인간 세계가 아니었다. 신이 인간을 저주하지 않았다면 도저히 펼쳐질 수 없는 한 장의 지옥도였다.

"도, 도망쳐. 빨리 뛰어….'

수혁이 가까스로 힘을 모아 부르짖으려 했지만, 어찌된 일인지 소리가 입안에서 뱅뱅 맴돌았다. 서서히 의식을 잃어가며 끝을 알 수 없는 까마득한 어둠 속으로 떨어졌다.

눈을 떠보니 부대 내 의무대였다. 수혁은 야전 침대 위에 누워 있었고 손등에는 링거가 꽂혀 있었다. 붕대로 칭칭 감겨 있는 어깨가 후끈한 열기와 함께 쑤셨다. 수혁이 깨어난 것을 지켜보던

의무병이 군의관을 부르러 나갔다. 잠시 뒤 중위 계급장을 단 군의관이 다가와 말했다.

"현 중위님. 일어나셨군요. 어깨에서 총알을 뽑았습니다. 상처는 몇 주 더 지나야 아물 겁니다. 약간의 뇌진탕 증세가 있었지만 염려할 정도는 아닙니다. 한 달 정도 주사 맞고 푹 쉬면 나아질 테니 너무 걱정하지 마십시오."

수혁의 머릿속에 많은 기억이 소용돌이쳤다. 자신의 명령에 거세게 저항하던 부하들이 떠올랐다. 그리고 그들이 쏜 총탄을 맞고 쓰러지던 사람들의 모습도 떠올랐다.

'준규는 어떻게 되었을까. 사람들은 얼마나 살아남았을까.'

수혁은 괴로움에 질끈 눈을 감았다. 장교들은 아무도 수혁에게 병문안을 오지 않았다. 몇 주 뒤 퇴원하자마자 연대장에게 불려갔다. 연대장은 수혁을 어딘가 떨떠름한 눈길로 쳐다보더니 건성으로 물었다.

"그래, 몸은 좀 어떤가?"

"예, 이제는 다 나아 이상 없습니다."

연대장은 한참을 뭔가 생각에 잠기더니 말을 이었다.

"현 중위, 그날 수색 작전과 관련하여 자네의 지휘에 대해 불미스러운 보고를 받았네. 자네가 도주 가능성이 있는 무장 폭도들을 멋대로 방면하려고 했더군. 심각한 군율 위반이야. 일단 휴가를 더 줄 테니 며칠 요양을 하며 쉬게. 방첩대에서 곧 자네를 소환할 것 같네. 자네 중대는 1소대장에게 임시로 지휘를 맡겼네."

연대장의 목소리가 차가웠다. 부하들이 입을 맞춰 불리한 보고를 올린 것 같았다.

"쯧! 가재는 게 편이라더니 이래서 제주 출신들은 안 되는 거란 말이야."

문을 열고 나가는 수혁의 등 뒤로 연대장의 혼잣말이 넘어왔다.

며칠 뒤 수혁은 방첩대의 지프에 실려 모처에 있는 지역 방첩부대 조사실로 불려갔다. 어딘지 모를 어둡고 눅눅한 지하 조사실, 천장에 달린 전구가 희미하게 깜빡였다. 철제 의자에 앉아 기다리는데 옆방에서 처절한 비명과 숨넘어가는 소리가 들렸다.

"으아악!"

고문당하는 소리 같았다. 저벅저벅 복도에서 발자국 소리가 다가오더니 덜컹 문이 열리고 두 명의 군인이 들어왔다. 한 명은 중위 계장을 단 수혁 또래의 장교, 또 한 명은 중년의 하사관이었다. 수혁이 자세히 보니 장교는 마침 육사 동기생인 김치국이었다. 사관생도 시절 한 내무반에서 제법 친하게 지내던 사이였다. 그러나 수혁은 지금 폭도들과 내통했다는 혐의를 받고 있는 피의자였다. 자리가 자리인지라 섣불리 아는 척을 할 수 없었다.

"현수혁 중위, 맞습니까?"

"그렇소."

하사관은 이북 억양이 있으나 애써 남쪽 말투를 쓰고 있었다.

김치국은 수혁의 눈을 마주치지 않고 안경을 매만지며 서류만 소리 나게 뒤적거렸다. 중사 계급장을 단 조사관이 매서운 눈빛으로 질문을 던졌다.

"무장 폭도들을 그 자리에서 풀어주려고 했던 이유가 뭐요?"

수혁은 멍한 눈으로 조사관을 쳐다보았다. 만사가 허무했고 말하기도 귀찮았다. 조사관은 수첩을 꺼내 무언가를 확인하더니 말을 이었다.

"우리는 당신이 이준규와 친하다는 사실을 알고 있소. 유격대장 김춘삼의 수족 같은 그 이준규 말이오."

준규의 이름이 나오자 수혁이 되물었다.

"이준규는 어떻게 되었소?"

"당신은 우리가 묻는 말에만 대답하시오. 초토화 작전 중에 왜 폭도들을 마음대로 풀어주려고 했소? 현장 부하들의 증언에 의하면 당신이 평소에도 수색 작전을 건성으로 임했으며 아무래도 친구인 이준규와 내통하는 것 같다고 했소."

조사관이 말이 끝나자마자 수혁이 반말로 쏘아붙였다.

"별 시답잖은 소릴 다 듣겠네. 제주도는 내 고향이고 이준규는 내 오랜 친구다. 그리고 대한민국 군인이 왜 양민을 학살하나?"

"양민? 당신 지금 양민이라고 했소?"

"그렇다. 그들은 비무장이었고 대부분 피난 간 노약자들이었다. 고장 나고 녹슨 총 두 자루로 무슨 무장 투쟁을 해? 왜 우리가 그들을 쏘아야 하나?"

"그들 대부분 남로당의 동조자들이오. 대열에서 일시 낙오됐지만 언제든지 무장 폭도로 돌변할 수 있는 예비 병력이란 말이오!"

수혁의 노기 띤 목소리가 한층 높아졌다.

"당신이 봤어? 전부 어린애들이고 여자들이고 노인들이야! 대한민국 군인이 국민들에게 함부로 총질하라고 배웠나? 넌 어느 나라 군인이야?"

"현수혁 중위, 아무래도 폭도들에게 필요 이상의 온정을 베푸는 당신의 사상이 대단히 의심스럽소. 까놓고 말하겠소. 혹시 당신도 김춘삼, 이준규처럼 남로당과 연계된 것 아니오?"

그 말에 수혁이 이성을 잃고 자리를 쾅 박차며 일어났다.

"이 자식아! 군법회의에 보내든 말든 네 맘대로 해. 내가 빨갱이들에게 부모 형제도 다 잃은 사람이야. 뭐 남로당? 너 함부로 주둥이를 놀리면 이 자리에서 박살 낼 거야."

수혁이 주먹을 들고 달려들 듯이 식식거렸다.

"이게 보자 보자 하니까. 여기가 어딘 줄 알아?"

조사관도 얼굴이 벌게지며 벌떡 일어났다. 분위기가 험악해지자 김치국 중위가 만류했다.

"자자, 진정들 하시오. 이 사람은 내가 심문할 테니 심 중사는 잠깐 나가 있어요."

조사관이 현수혁을 잡아먹을 듯 노려보더니 밖으로 나갔다. 김치국이 문밖으로 귀를 대더니 돌아와 느릿한 말투로 입을 떼었다.

"미안하다, 수혁아. 아는 척하기도 그렇고 해서. 저 사람 성격이 좀 괄괄해서 그래. 그래도 아직은 정황뿐이고 수혁이 네가 장교라서 최대한 예우를 한 거야."

수혁은 푸들거리는 얼굴로 한숨만 쉬었다. 김치국이 서류를 옆으로 치우더니 피곤하다는 듯 얼굴을 쓸어내렸다.

"인마, 나도 네가 죄 없는 거 알아. 네가 남로당과 무슨 관계가 있겠냐? 너희 마을 사람들도 충분히 이해가 되고, 이거 참 빌어먹을 상황이야."

"이준규는 어떻게 되었나?"

"이준규는 부상당한 채 도망갔어. 그 친구 어머니는 현장에서 사살되고."

수혁은 짧은 신음을 토하며 눈을 감았다.

"사실 이번 건은 어떻게 넘어갈 수도 있을 것 같았는데, 중간에 누가 틀었나 봐. 너 김창웅 알지?"

김창웅, 김창웅이라… 육본에서 함께 근무하던 이북 출신 장교였다. 반공의식이 투철하고 성실하지만 미친개라는 별명이 있을 정도로 집요하다고 소문난 사나이. 김창웅은 수혁에게 잘 대해줬지만 어딘가 내키지 않아서 피하던 자였다.

"알아. 그 인간은 왜?"

"이번에 김창웅이가 널 별로 안 좋게 본 것 같아. 예전에 그 양반이 함께 일하자고 했는데 네가 안 갔다면서? 무시하는 느낌을 받았나 봐. 그 양반이 지금 방첩대에서 제일 힘이 세. 마침 김창웅이 다른 일 때문에 제주도 내려와 있어. 나랑 같이 가서 싹싹 빌자. 선배님에게 한 번만 살려달라고 해."

"싫어, 인마."

"햐, 이 친구 고집 좀 봐라. 너 재수 없으면 옷 벗는 걸로 끝나지 않을 수 있어. 그러지 말고 내 말 들어."

수혁은 잠시 망설여졌다. 야만스러운 세월이었다. 어쩌면 이번 일로 잘못 엮이면 몇 년 감옥에서 썩어야 할지 몰랐다. 그러나 수혁의 눈앞에는 총에 맞아 쓰러지던 아이들의 모습이 어른거렸다.

'아저씨, 제발 살려주세요.'

아이들의 울부짖는 소리가 가슴을 찌르며 걷잡을 수 없는 분노의 불길이 솟구쳤다.

"치국이 너, 김창웅 그 인간 보면 전해. 죄 없는 우리 고향 사람들 더 이상 빨갱이로 엮어서 죽이지 말라고. 나 옷 벗기려면 벗기고 잡아넣으려면 넣으라고 해. 나 이제 이따위 군인 안 하련다. 이번에 내가 똑똑히 보았다. 내 눈앞에서 죄 없는 사람들, 굶주림에 지친 아이들, 힘없는 여자들이 어떻게 죽어가는지를! 나는 빨갱이 잡으러 제주도 내려왔지, 양민 학살하러 온 적 없어. 설사 우리 부모님이 저 하늘에서 이 사실을 아셔도 내가 이렇게 더러운 군 생활하는 거 알면 슬퍼하실 거다. 김 중위, 야 인마, 너도 대한민국 장교야. 똑바로 살아!"

"휴…."

김치국은 괴로운 듯 머리를 몇 번 흔들었다. 조사는 그걸로 끝이었다.

몇 달 뒤 수혁은 군복을 벗었다. 정작 수혁을 육지의 부대로 전출시켜 구명하려고 했던 건 김창웅이었고 오히려 그만두겠다며 전역 신청서를 쓴 건 수혁이었다. 수혁의 능력을 높이 산 군 상부에서도 전역을 만류했으나 수혁은 끝끝내 거부했다.

"나는 죄인입니다. 이제 고향에서 흙이나 파며 조용히 살겠습니다."

# 19

# 목각 인형 세 친구

준규의 울음소리가 점차 잦아들더니 이윽고 멎었다. 소매로 스
윽 눈가를 훔치고 한동안 멍한 눈길로 무언가 생각하던 준규는 다
시 빠르게 몇 잔의 술을 더 비웠다. 눈가가 얼큰해진 준규가 탁, 소
리가 나게 술잔을 상 위에 내려놓았다. 무언가 결심이라도 한 듯
단호한 얼굴로 함께 온 청년을 바라보았다. 청년은 준규와 눈이
마주치자 메고 온 군용 더플백을 준규에게 건넸다. 준규가 조심스
럽게 더플백을 풀기 시작했다.

'설, 설마!'

가방 안에 흉기가 있을지 모른다는 말을 기억한 동이는 숨이 멎
을 것만 같았다. 지켜보던 주막집 할머니가 겁먹은 눈으로 비명을

지르듯 말했다.

"저 가방 안에 칼이 있다고!"

"칼?"

사람들은 섣불리 나설 생각은 못 하고 오소소 몸을 떨며 웅성거렸다. 박 순경이 화들짝 놀라 메고 있던 카빈 소총을 다시 들었다. 준규는 더플백을 열다 말고 그제야 생각난 듯 청년의 어깨를 툭 치며 수혁을 향해 말했다.

"아 참, 이 친구는 그때 나와 같이 자수했다가 이번에 함께 돌아온 아이라네. 그때 동굴 속에서도 같이 있었지. 자네도 기억하나? 장터거리 이발소집 아들 형주 말이야."

수혁은 흠칫 놀라 청년의 얼굴을 찬찬히 살폈다. 형주, 형주라고? 어릴 때부터 싹싹하고 똑똑하던 그 아이….

"알지, 알다마다. 이 친구가 형주였구나."

수혁의 목소리에 뜨거운 감회가 서렸다. 청년은 기다렸다는 듯 신발을 벗고 툇마루에 올라서더니 수혁을 향해 넙죽 큰절을 올렸다.

"아니, 형주. 왜 이러나? 이러지 말아."

수혁이 당황하며 청년을 일으켜 세웠다. 그 모습을 보며 준규가 고개를 끄덕이며 눈물을 글썽였다.

"이 친구는 자네에게 늘 고마워한다네. 그날 동굴 앞에서 이 친구는 간신히 도망쳤지만 이 친구 부모님은 총을 맞아 두 분 다 돌아가셨잖아. 그때 함부로 버려진 시신들을 아무도 거들떠보지 않았는데 자네가 나서서 잘 수습해주었지 않나? 보복당할까 봐 두려워 누구도 근처에 얼씬도 못 하던 그 험한 시절에 말이야. 수혁이, 참 고맙네."

준규의 말에 초점 없이 허공을 바라보던 청년의 입에서 신음 같은 울음이 흘러나왔다.

"고맙기는. 덤으로 사는 인생일세. 죄 갚으며 살아야지."

동네 사람들의 술렁거림이 커지기 시작했다.

"세상에 저 친구가 이발소집 문 씨 아들 형주라고?"

"맙소사! 이제 보니 닮은 것 같네. 섬에서도 알아주던 수재 학생이었는데."

형주를 가까이서 보려고 누군가가 용기를 내어 마당에 들어섰다. 그러자 다른 사람들이 눈치를 보며 주춤주춤 마당 안으로 발걸음을 옮겼다. 마당은 점점 동네 사람들로 꽉 차기 시작했다.

그때까지도 청년은 아무 말도 없이 서 있기만 했다. 잠시 말을 멈춘 준규가 슬픈 얼굴로 덧붙였다.

"이 친구는 어린 나이에 눈앞에서 부모님을 잃은 충격으로 말을 못 한다네. 사실 정신도 좀 온전치 못하네. 이해하게나."

"아!"

여기저기에서 안타까운 탄식이 흘러나왔다. 수혁도 형주를 바라보며 그제야 어딘가 이상한 구석이 있어 보인다는 걸 깨달았다.

"가뜩이나 이 친구는 나무 깎는 칼을 여러 개 갖고 다녀서 오해도 많이 받을 텐데…."

혼잣말로 중얼거린 준규가 더플백 속을 뒤집어 그 안의 물건들을 툇마루 위로 쏟아냈다. 그것은 나무로 만든 크고 작은 인형들이었다.

"이건 목각 인형이라네. 이 친구와 내가 감옥에서 배운 기술로 만든 것들이야. 나는 이 친구와 함께 육지에서 이 장사를 해볼까 하네. 아무렴 굶어 죽기야 하겠는가. 그래도 떠나기 전에 자네와 고향 사람들에게 선물로 주고 싶었어. 내가 비록 육지 출신이지만 우리 어머니가 잠든 이곳 제주도는 내 고향이나 다름없어."

형주도 금세 천진난만한 얼굴이 돼 준규를 거들며 목각 인형들을 조심스럽게 늘어놓았다.

'목각 인형이라고?'

호기심이 솟은 동이는 방문을 열고 슬그머니 나왔다. 마루 위에 늘어놓은 목각 인형은 조랑말도 있고, 그물을 던지는 어부, 바닷가의 해녀도 있었다. 어른들 틈바구니로 지켜보던 아이들도 하나둘 눈치를 보며 슬금슬금 다가왔다. 한 아이가 앞장서자 누가 말릴 새도 없이 너도나도 우르르 달려들어 목각 인형을 만지기 시작했다.

"이건 해녀네. 우리 엄마 같아!"

"이 돌하르방은 너무 귀엽다. 히히."

"와, 예쁘다. 한라산 꽃사슴이야. 진짜 살아 있는 것 같아!"

아이들은 저마다 신기한 듯 목각 인형을 들고 재잘거렸다. 정교하게 다듬어진 목각 인형은 고운 빛의 물감으로 덧칠돼 꽤 고급스러워 보였다.

아이들의 감탄에 형주가 어린아이같이 헤벌쭉 웃기 시작했다. 당장 춤이라도 출 것 같은 얼굴이었다.

준규는 늘어놓은 목각 인형을 살피더니 하나를 골라 수혁에게 건넸다. 다른 것들에 비해 꽤 큼직했다.

"자, 이건 특별히 자네에게 주는 거라네."

세 아이가 나란히 손을 잡고 있는 목각 인형이었다. 남자아이가 둘, 여자아이가 하나였다. 주근깨 남자아이는 한 손으로 장난감 권총을 들고 있었고, 또 다른 남자아이는 고개를 돌려 수줍게 여자아이 뺨에 입맞춤을 하고 있었다. 틀림없이 총을 든 아이는 수혁, 여자아이는 옥희, 입맞춤을 하는 아이는 준규였다. 얼떨결에 목각 인형을 받아 든 수혁의 손이 가느다랗게 떨렸다. 수혁은 목각 인형을 두 손으로 잡아 가슴에 대더니 눈을 감았다.

"고맙네. 준규."

수혁은 치밀어 오르는 울음을 삼켰다.

그때 끼익, 부엌문이 열렸다. 아내가 고개를 푹 숙이고 놋그릇에 푸짐히 고기를 담아 내왔다. 김이 모락모락 피어오르는 돔베고기를 상 위에 조심스레 내려놓던 아내는 차마 얼굴을 들지 못하고 수혁이 들고 있던 목각 인형을 곁눈질로 보았다. 이내 아내의 눈이 커지더니 부들부들 몸을 떨기 시작했다.

준규가 다정한 눈으로 수혁의 아내를 올려다보았다. 옥희가, 그토록 어여쁘던 옥희가 거기에 서 있었다. 준규는 곁에서 인형을 만지던 동이의 머리를 대견한 듯 쓰다듬었다.

"얘가 자네 아들이구먼. 자네보다 옥희를 많이 닮은 것 같네. 허

허. 가만있자, 쟤는 딸이지? 햐, 눈매와 보조개 패는 것이 제 엄마와 똑같아. 허허."

준규가 고개를 젖히고 공허하게 웃었다. 그 말에 수혁의 어깨가 흔들리더니 꾹꾹 참았던 울음이 허물어지듯 터졌다.

"미안하네. 준규, 내가 정말 미안하네."

아내 부옥희는 그 자리에 선 채로 두 손으로 얼굴을 가렸다. 가느다란 손가락 사이로 하염없이 눈물이 흘러내렸다.

"에이, 이 사람아. 뭐가 미안해? 내가 감사하지. 옥희 얼굴도 좋아 보이네. 너희들이 행복하면 됐다. 암, 됐고 말고."

준규가 손사래를 치며 또 허허롭게 웃었다. 준규가 태연한 척 위로할수록 옥희의 흐느낌은 점점 거세어졌다.

"옥희야, 울지 마라."

준규가 옥희의 등을 두드리며 달래주었다.

"울지 마라, 옥희야."

비쩍 마른 준규의 손길은 더없이 다정하고 따뜻했다.

"옥희야, 나는 네가 살아 있어서 기쁘다. 살아 있는 것만으로 감사하다. 우리가 살아서 만날 줄이야. 이것만으로도 우리는 빚을 진 거다."

옥희는 아예 바닥에 주저앉아 목을 놓아 울었다. 오랜 세월 가슴에 묻어온 설움이 너울너울 바람을 타고 공중으로 흩어지고 있었다. 옥희의 서러운 울음을 따라 동네 사람들 한둘이 눈물을 찍는가 싶더니 너 나 할 것 없이 울음바다가 되었다. 죽은 자건 산 자건 서럽지 않은 자가 없었다. 옥희의 머리카락이 힘없이 바람에 흩날리고 있었다. 마당가의 동백꽃 하나가 소리 없이 바닥에 내려앉았다. 준규는 차마 그 모습을 볼 수 없다는 듯 눈을 감으며 읊조렸다.

"우리 참 먼 길 돌아왔구나. 그래, 이제 늦기 전에 또 길을 가야지. 어이, 형주야. 고기나 몇 점 들고 어여 가자꾸나."

준규의 눈에 어린 시절 세 친구가 길을 잃었던 동굴 속이 선연하게 펼쳐졌다. 어린 준규는 옥희를 꼭 끌어안고 귀에 속삭였다.

'걱정 마. 내가 항상 지켜줄게.'

어느덧 한라산 서쪽으로 노을이 붉게 타올랐다. 밀려온 노을로 세 친구의 얼굴도 감귤빛으로 물들기 시작했다.

# 동백꽃 필 무렵

동이는 준규가 자신을 쓰다듬던 그 손길이 신비할 정도로 따뜻하다고 느꼈다. 육십 년이 지난 지금까지 잊히지 않을 정도로.

"할아버지, 여기는 또 누구 산소야? 우리 꽃 보러 언제 가?"

소녀가 부은 목소리로 통통댔다. 소녀는 서울에서 아침 비행기를 타고 제주도로 날아왔다. 졸린 눈으로 산에 올라 절을 몇 차례하고 성묘가 끝난 줄 알았는데 할아버지가 또 다른 산소를 찾으니입이 뾰족 나왔다.

"좋은 분 산소야. 넌 절 안 해도 돼."

절을 마친 노인이 정성스럽게 무덤의 잡초를 뽑았다.

"할아버지, 도대체 몇 분을 성묘하는 거야? 우린 조상님이 왜 이렇게 많아?"

　노인이 투덜대는 손녀를 보며 빙그레 웃었다. 그 옛날 동이는 세월이 흘러 어느덧 머리에 하얀 서리가 내린 노인이 되었다. 저 만치 아래 산길에서 누군가 올라오는 기척이 들렸다. 동이 할아버지가 무심히 고개를 돌렸다.

　"아이고, 동이 형님 오셨군요! 아, 이게 얼마 만이죠?"

　한 남자가 동이 할아버지를 보더니 반기듯 다가왔다. 예순 가까이 되어 보이는 늙수구레한 남자가 환한 얼굴로 동이 할아버지의 손을 덥석 잡았다.

　남자 뒤로 그의 아내로 보이는 여자와 한 소년이 보였다. 소년은 소녀의 또래로 열 살쯤 되어 보였다. 동이 할아버지의 얼굴에도 반가움이 흠뻑 묻어났다.

　"오, 자네로군! 제수씨도 오랜만입니다. 안 그래도 성묘 끝내고 연락하려고 했는데 여기서 보네. 한식이라 부모님 산소에 들렀다가 자네 아버지 준규 아저씨가 생각나서 왔다네. 아버님이 당신 묘를 찾게 되면 꼭 준규 아저씨 산소에 들러서 술 한잔 올리라고 하셨지."

　"아이고, 형님. 늘 감사하게 생각하고 있습니다."

　남자가 산소 앞의 돌멩이를 몇 개 고르더니 자리를 깔며 말했다. 그의 아내도 웃음 띤 얼굴로 메고 온 배낭에서 과일과 북어, 정종을 꺼냈다. 부부와 소년이 차례로 절을 마친 뒤 함께 자리에 둘러앉았다. 남자가 종이컵을 동이 할아버지에게 건네고 공손히 술을 부어 올렸다.

"저번에 우리 둘째 등록금 빌려주신 거 정말 고맙습니다. 가게를 접다 보니 제가 어디 손 빌릴 데가 있어야죠. 그 녀석 이번에 대학 졸업했는데 용케 직장 잡았어요. 제가 한시름 놓았습니다."

"거 아주 잘 됐네. 요즘 같은 불경기에 아들놈이 장하네."

"다 형님이 마음 써준 덕분이지요."

"어허, 우리 가족이 준규 아저씨에게 신세를 진 게 얼만데. 우리 어머니 아프실 때 선뜻 수술비 내주신 게 자네 아버님이야. 그때 IMF라 우리 집 형편이 많이 어려웠잖나? 준규 아저씨와 형주 삼촌에게 갚아야 할 은혜가 한량없네. 두 분 참 험난한 시절을 열심히 사셨어."

"형님 아버님과 저희 아버님이 어디 보통 우정인가요?"

동이 할아버지와 남자는 이야기꽃을 피우느라 정신이 없었다. 소년은 슬그머니 일어나 산소 옆 전나무에 기대 핸드폰을 만지작거렸다. 소녀는 이곳저곳에서 피어난 들꽃을 둘러보며 혼잣말을 했다.

"아, 심심해."

소녀는 호기심 찬 눈으로 소년에게 다가가 말을 걸었다.

"애, 너 여기서 살아?"

"응. 넌?"

"나는 서울에서 왔어."

바람결에 소녀의 머리카락이 휘날렸다. 보조개가 얇게 팬 예쁘장한 얼굴이다. 소년의 얼굴이 살짝 붉어졌다. 소년을 빤히 보던 소녀가 다시 입을 열었다.

"난 할아버지랑 성묘하러 왔어. 제주도가 우리 할아버지 고향이거든. 오늘 성산 고모할머니네서 하루 자고 내일 올라간다."

활달한 소녀는 묻지도 않았는데 줄줄이 이야기를 쏟아냈다.

"할아버지가 제주도에 함께 가면 용돈 준다고 했거든. 조랑말도 보여주고 예쁜 경치 많이 보여준다고 하셨어. 그런데 오전 내내 성묘만 했지 뭐니."

잠시 주위를 살피던 소녀는 손가락으로 언덕 위를 가리키며 말을 이었다.

"우리 저 위에 한번 올라가볼래?"

소년의 눈길이 위로 향했다. 어른들 쪽을 돌아보더니 망설이는 눈치였다. 소녀가 소년을 보며 재촉했다.

"저 위에 올라가면 경치가 좋을 것 같아. 여기 제주도에는 예쁜 꽃들이 많이 핀다며? 애, 우리 한번 올라가보자."

소녀가 먼저 비탈 위로 한발 올라섰다. 소년도 어물쩍 소녀의 발걸음을 뒤따랐다.

"나연아, 너무 멀리 가지 말아."

소녀의 등 뒤로 할아버지의 목소리가 넘어왔다. 소녀는 가쁜 숨을 내쉬며 언덕 위로 올랐다. 시원한 바람이 쏴아아 소리를 내며 달려들었다. 소녀와 소년의 머리칼이 마구 휘날렸다. 잠시 몸을 숙이고 숨을 고르던 소녀는 주변을 둘러보더니 탄성을 질렀다.

"세상에! 진짜 멋있다. 저기 바다랑 꽃들을 봐. 아, 제주도는 정말 아름다운 섬이야."

"그렇지?"

뒤따라 올라온 소년도 흐뭇하게 맞장구를 쳤다. 소녀가 바람에 나부끼는 옷깃을 감싸며 넌지시 물었다.

"얘, 우리 할아버지가 그러는데 제주도 올 때마다 한 번씩 엄숙한 마음으로 옷깃을 여미어야 한대. 예전에 아주 슬픈 일이 있었대. 너도 그거 알아?"

소녀의 말에 소년은 아는 듯 모르는 듯 고개만 주억거렸다.

저 멀리 푸른 바다가 꿈결같이 펼쳐졌다. 언덕 밑으로 바람에 물결치는 초원이 평화롭게 일렁거렸다. 흐드러진 꽃무더기들 사이로 붉은 동백꽃들이 눈부시게 빛났다.

## 작가의 말

# 시대의 수레바퀴에 짓밟힌
# 그들의 눈부신 젊음을 기억하며

직장에서 제주도로 발령받아 근무한 적이 있다. 제주도는 아름다운 섬이었지만, 내 머릿속에는 현대사에서 배운 4·3사건의 현장이라는 생각이 먼저 스쳤다. 그러나 그때까지도 나는 4·3에 대해 깊이 알지 못했다.

4월이 되면 붉은 동백꽃 배지를 가슴에 달고 다니는 도민들을 자주 볼 수 있었다. 친인척 가운데 희생자 없는 집이 드물었고 제삿날이 같은 집이 많았다. 내가 다니던 성당에서는 4월에 즈음해 아이들에게 4·3사건의 실상에 대해서 가르쳤다. 학부모 모임에서 만난 어떤 지인은 육지에서 온 내게 자신의 할아버지가 몸소 겪은 북촌리 학살 사건을 얘기하면서 눈물을 흘리기도 했다. 반면 군경의 야만성을 질타할 때 불편한 기색을 내비치며 헛기침을 하는 분도 계셨다. 그분은 희생당한 군인의 유

가족이었다. 4·3사건은 그렇게 도민들의 일상에 복잡하게 얽혀 짙은 그림자를 드리우고 있었다.

제주도에 머무는 동안 많은 사람을 만났고 여러 사연을 들었다. 그리고 4·3사건 관련 자료들을 읽기 시작했다. 문득 이런 생각이 들었다. 이가혹한 역사 속에도 분명 별처럼 빛나는 사람들의 이야기가 있었을 것이다. 총부리를 겨누는 극한의 대립 속에서도 분명 피어나는 사랑이 있었을 것이다. 그간 많은 문학 작품이 4·3사건의 비참한 실상을 고발하고 인간의 내면과 실존의 문제를 다루었다. 그러나 그 안에서 서로를 끌어안는 젊은이들의 사랑과 우정을 다룬 작품은 드물었다. 나는 빛바랜 흑백 사진 뒤에 숨겨진 청춘들의 이야기, 시대의 수레바퀴에 짓밟힌 그들의 눈부신 젊음을 알리고 싶었다.

희생자들에 대한 최고의 추모는 다시는 그와 같은 비극이 이 땅에 발생하지 않도록 살아남은 자들이 노력하는 것이다. 4·3사건의 아픔이 오늘날 대한민국 곳곳에 평화의 향기로 살아나기를 바란다. 누군가 이 소설을 읽고 해마다 피어나는 동백꽃을 보며 잠시라도 평화를 소망한다면, 작가로서 더 바랄 나위가 없겠다.

다시 봄이 오는 길목에서
작가 김도식

## 제주 4·3이란?

제주 4·3사건은 "1947년 3월 1일 경찰의 발포 사건을 기점으로 하여, 경찰·서북청년단의 탄압에 대한 저항과 단선·단정 반대를 기치로 1948년 4월 3일 남로당 제주도당 무장대가 무장봉기한 이래 1954년 9월 21일 한라산 금족 지역이 전면 개방될 때까지 제주도에서 발생한 무장대와 토벌대 간의 무력 충돌과 토벌대의 진압 과정에서 수많은 주민들이 희생당한 사건"이라고 정의할 수 있다.

- <제주 4·3사건 진상조사보고서> 중에서

# 제주 4·3 주요 일지

### 1947년

**3월 1일**　3·1절 기념식에서 경찰의 발포로 관덕정과 도립병원 앞에서 주민 6명 사망하는 '3·1사건' 발생.

**3월 10일**　제주도청을 시작으로 3·1사건에 항의하는 민·관 총파업 돌입. 제주도 전체 직장의 95%가 파업에 가세.

**3월 15일**　육지에서 응원 경찰 222명 제주도 도착. 이후 응원 경찰 계속 증파.

**11월 2일**　서북청년회 제주도본부 발족.

### 1948년

**3월 6일**　조천지서에서 취조를 받던 중학원생 김용철 고문으로 사망.

**3월 14일**　모슬포지서에서 청년 양은하 고문으로 사망.

**4월 3일**　제주도 각지의 오름마다 봉화가 솟아오르며 남로당 제주도당을 주축으로 한 350여 명의 무장대가 경찰 12개 지서 등을 일제히 습격.

**4월 28일** 제9연대장 김익렬과 무장대 총책 김달삼 평화협상 진행. 72시간 내 전투 중지 등에 합의.

**5월 1일** '오라리 방화 사건' 발생으로 평화 협상 파기. 경찰은 무장대의 소행이라 주장했지만, 훗날 우익 단체의 소행으로 알려짐.

**5월 10일** 전국에서 5·10 선거가 실시되고 무장대와 군경 충돌. 제주도는 3개의 선거구 중 2개가 과반수 미달로 무효화 되어 5·10 선거를 거부한 유일한 지역이 됨.

**8월 15일** 대한민국 정부 수립 공포.

**10월 17일** 제9연대장 송요찬 소령, 해안선 5킬로미터 이상 지역에 통행금지를 명령하며 이를 어길 시 총살에 처한다는 포고문 발표.

**10월 18일** 제주 해안 봉쇄.

**11월 13일** 군·경합동토벌대, 애월면에서 주민 50~60명을 총살하고 가옥에 방화. 이날을 기점으로 약 4개월간 중산간 마을을 초토화하고 주민들을 집단총살.

**12월 3일** 무장대, 경찰지서 소재지인 구좌면 세화리를 급격해 주민 50여명 살해, 150채 방화.

**12월 13일** 서북청년회 단원 620명 정식 경찰로 임용.

**12월 15일** 토벌대, 표선면 토산리 주민 150여 명을 표선국민학교에 감금했다가 집단총살.

**12월 18일** 토벌대, 하도리와 종달리 주민 11명이 피신해 살던 굴을 발견하자 굴속에 불을 지펴 질식사시킨 이른바 '다랑쉬굴 사건' 발생.

**12월 19일** 서북청년회 단원 250명 제주 도착. 이중 25명은 경찰, 225명은 군인이 됨.

**12월 21일** 토벌대, 함덕리 대대본부에 자수해간 조천면 관내 주민 150명을 제주읍 '박성내'라는 냇가로 데려가 집단총살.

### 1949년

**1월 3일** 무장대, 제주읍 삼양리·남원면 하례리·한림면 협재리를 기습해 주민 살해. 외도지서 경찰과 특공대원들이 무장대로 위장해 제주읍 도평리에 진

입, 70여 명 총살.

**1월 4일**    토벌대, 제주읍 화북리 곤을동 주민들을 이틀에 걸쳐 집단총살.

**1월 12일**    무장대, 남원면에 주둔해 있는 2연대를 습격했으나 패퇴. 군인들은 전투 직후 중산간 마을 주민 80여 명을 집단총살.

**1월 13일**    무장대, 성읍리를 습격하여 주민 38명을 살해하고 방화.

**1월 17일**    토벌대, 마을 인근에서 군인들이 기습받은 것에 대한 보복으로 조천면 북촌리를 모두 불태우고 주민 약 300여 명을 집단총살한 이른바 '북촌리 사건' 발생.

**1월 22일**    토벌대, 안덕면 주민 등 80여 명을 서귀포 정방폭포 부근에서 집단총살.

**2월 20일**    미군사 고문단, '제주읍 도두리에서 민보단원들이 군경의 감독 아래 76명을 죽창으로 찔러 죽였다'고 보고.

**10월 2일**    제주비행장 인근에서 사형이 선고된 249명에 대한 총살 집행 후 암매장.

---

## 1950년

---

**6월 25일**    6·25 전쟁 발발. 제주도 해병대사령관이 제주도지구 계엄사령관 겸임.

**7월 27일**    제주읍 주정 공장에 예비검속으로 수감되었던 사람들 사라봉 앞 바다에 수장됨.

**7월 29일**    서귀포경찰서 관내에 수감되었던 예비검속자 150여 명이 끌려나가 제주항 앞바다에 수장됨.

**8월 19일**    제주경찰서 유치장에 수감되었던 예비검속자 수백 명, 제주비행장에서 총살된 후 암매장.

**8월 20일**    모슬포경찰서 관내 예비검속자 252명, 송악산 섯알오름에서 집단총살.

**8월 30일**    문형순 성산포경찰서장, 예비검속자에 대한 총살 명령을 부당하다며 이행 거부.

**9월 15일**    유엔군, 인천상륙작전 개시.

**9월 17일**    예비검속자 석방 시작됨.

10월 10일   제주도지구의 계엄 해제.

## 1952년

5월 16일   육군 정보국, 제주도 무장대 규모를 65명으로 파악.

10월 31일  무장대, 서귀포발전소를 습격해 방화.

## 1954년

1월 15일   제주도경찰국장, 잔여 무장대는 6명 뿐이라고 발표.

4월 1일    한라산 부분 개방. 산간부락 입주 및 복귀 허용.

9월 21일   한라산 금족구역 해제.


# 참고도서

<다랑쉬굴의 슬픈노래>, 제주민예총4·3문화예술제사업단, 각, 2002

<제주4·3사건 진상보고서>, 제주4·3사건진상규명및희생자명예회복위원회, 2003

<제주 4·3사건의 진상>, 이선교, 현대사포럼, 2012

<제주 4·3을 묻는 너에게>, 허영선, 서해문집, 2014

<4·3 그 진실을 찾아서>, 양조훈, 선인, 2015

<제주4·3 70년: 어둠에서 빛으로>, 제주4·3평화재단, 2017

<잠들지 않는 남도: 제주도 4·3항쟁의 기록>, 노민영, 온누리, 2018

<청소년을 위한 제주 4·3>, 고진숙, 한겨레출판, 2020

<제주 4·3을 묻는 십대에게>, 고진숙, 서해문집, 2022

# 바람의 소리가 들려

**초판 1쇄 발행** 2025년 3월 31일
**초판 2쇄 발행** 2025년 5월 12일

**지은이** 김도식
**펴낸이** 신의연
**책임편집** 신의연
**펴낸곳** 마이디어북스
**등록** 2022년 4월 25일(제2025-000015호)
**전화** 070-8064-6056
**팩스** 031-8056-9406
**전자우편** mydearbooks@naver.com
**인스타그램** @mydear___b

ⓒ 김도식 2025
ISBN 979-11-93289-45-7(43810)